灰娃 诗

张仃 画集

张仃 灰娃 著

上海书店出版社
SHANGHAI BOOKSTORE PUBLISHING HOUSE
出版社

目录

伤有多重痛有多深
在月桂树花环中
向神靠拢

《西湖岳庙》 1954 年

《北京鲁迅故居》　1956 年

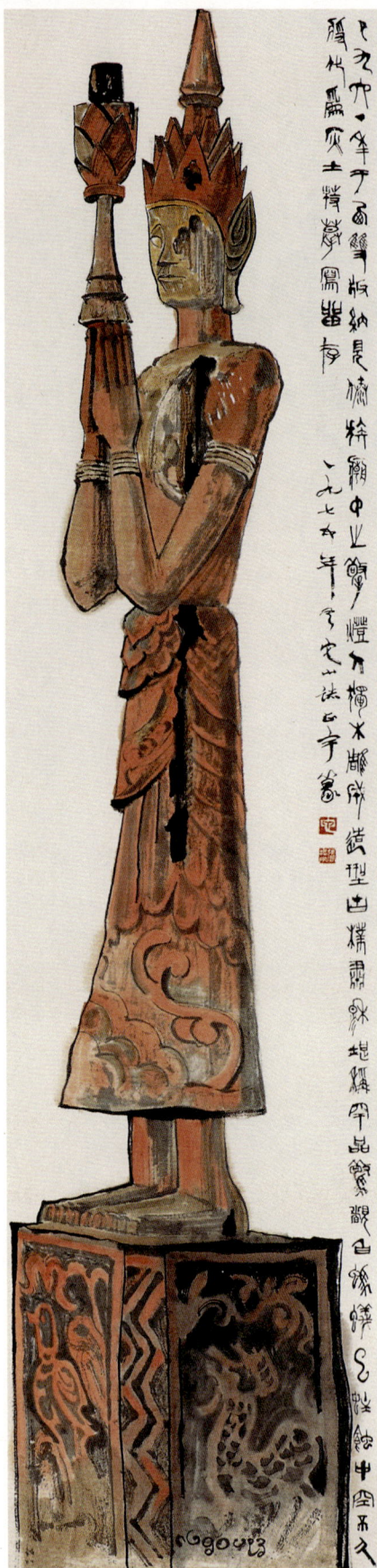

己巳年于画录手板纳悬儡
粹籀中心举□灯□椿米糊附益型□構昂乘堤钘堂品寳觀邑缘侯□髭細中空再久
顧代爲灰土精爲萬臈育
一九七七年□□□法□字爲

《纳擎灯人偶》　1961 年

004

的眼中钉。那些公开呼吁文革"三种人"亮旗子、站出来和蓄欲重燃文革内战烈火的人，一直对南周为代表的媒体恨之入骨，考虑到那些人活跃的网站甚嚣尘上，这种事件不得不令人对现实的走向做悲观的猜测，尤其是，在最高领导人第二次南巡风尘未落之际就更是如此。此事已经发酵，这种政治含义和后果并非耸人听闻。

作为公共事件，此次事情演化的现实轨迹也很值得思考：事件发生，引发微博议论，为了压制讨论，于是进行删除微博和网络禁言等一系列后续措施，可事实上，这些措施没有使事件降温，反而火上浇油，并直接暴露了权力与媒体和传播格格不入的两重逻辑。现在是WEB 2.0时代了，信息的传播形态和效率根本不是焚书坑儒时代可以想象。互联网时代再不可能对社会进行分而治之似的原子化。因为知识传播的速度太迅猛了，以至于任何片面的自上而下人力干预都会适得其反。

最后，作为老读者和作者，我谨向历年《南方周末》的采编、记者以及报社领导致敬。

大地的母亲

人群喧笑众多眼睛搜索什么
我突然下沉 孤单寂寞
落日薄暮我低头匆匆赶路
一缕柴火味心里萦迴
我双眼弥漫清泪
有一夜蓝天装饰着白云
夜色似水泛波漾辉
一轮满月在清气中鸣琴
我年轻的妈妈烘烤月饼
饼上贴了一枝儿香菜绿葱葱

顿时生机洋溢摇曳一株桂树
她又扬手摘取发髻上的银钗
从一朵晚香玉旁 用那银钗
在桂树下勾画玉兔 还画出
嫦娥忧郁清丽

妈妈安详从容神韵葱茏
她心牵手指一如流水行云
妈妈何以竟天女一般巧思妙想
又如此温馨明媚？ 我寻思定是
有个魔幻小精灵住在她心里

窗外树林 星空
门前溪水晃荡着圆满金色的月亮
还有窗前的妈妈 真是天地乾坤
一尊整体雕塑
一曲令人神往的赞美歌

想起我们那绿荫遮掩的茅屋

1937 年，张仃在西安

1938 年，张仃率抗日艺术队到达陕北榆林

1937年，在南京举办"抗敌爱国展览会"（前排左一为张仃）

1956年，在北大读书时的灰娃

一抹夕照明灭斑驳溶金闪烁
邻家姑娘走来要几根洋火
她身穿自织的丁香紫粗布衣裤
发辫似黑夜双眸如幽谷

我们屋前那一架水车
它可是寂然不动被人遗忘了
还是久旱不雨禾苗着火
深夜里它还不停转动
风住星飞　一轮明月坐镇当空

村西头弹花库和榨油房
荒废了已有许多年数　中古的
庞大机轮和弹弓已年久失修
从前　每到隆冬　田野一派岑寂
它们就日夜轮转震吼
似春雷在天际
不住发着隆隆滚动的低音
如今　那巨人似的机轮和弹弓
都静默地容忍了尘封
在屋后有老榆和古槐依旧守望着

鬓角飘摇丝丝白发　老妈妈
日头西沉蓝色暮霭低迷檐下
鸽子归巢鸡群上架
哪一晚不是你手执燃亮的松明
将它们一个个细心点查

春意已在白杨树银色光彩间婆娑扬波
老妈妈你为何双眉紧锁
哦　不要忧愁叹气也不用离乡求乞
我们不是就要去青青麦地忍住心痛
把嫩绿的麦穗儿采来充饥么

年已跑完途程忧心忡忡
腊月廿三傍晚妈妈烧起祭灶的黄纸
跪在蒲团低头祈祷　许多年过去了
但仿佛那一角神龛前有灰屑轻扬
伴着赞美祈求的颂歌永久升腾着

谷子入了仓花已飘零　树林空无鸟声
我们那一带低矮的墙垛
留着些已逝的日影
金银花和葫芦藤丛中
有一颗晚星眨着眼睛

不知为什么　它使我想起
一去不返的年华
饱经忧患的老妈妈
每逢年时岁节我要高举着迷迭香
紫罗兰和番石榴的鲜花向你致敬

兵荒马乱　饥馑灾殃
你满头白发飘散
眼花了　背驼了
你是风里雨里
咬着牙挺起胸走过来的
昔日的怀想夜夜浮现梦中
千行热泪迸涌
泪水也在深心中
在深心中翻波涌浪
它几时能像禾穗儿迎风泛金光

哦　我们亚洲大地的母亲
在我们东方严峻的贫穷中
你总是以你那清寒朴素的美
在棉田摘花在场上扬谷

1940 年，在重庆与漫画界朋友合影（右起张光宇、胡考、丁聪、张仃、特伟）

1944 年，张仃为军民生产成果展览给女劳模画像

在井边洗菜在灶头烧饭

顾不得婴儿啼哭
又坐上织机紧忙穿梭
你月白衣衫蓝色补丁
落满星星点点柴灰
渗透了汗水眼泪

你为村里姑娘精心打点我们那
寒伧的嫁妆 又为年轻的未婚夫
张罗迎娶的新房 剪了红黑两色窗花
贴在糊着白麻纸的窗格子上 是你
支擎起缺吃短用煎熬的光景

一阵犬吠惊心慑魄打村外传来
你当即关严大门侧身顶住门板
手握菜刀屏住气息
挡住抓丁的士兵
让小伙子翻过后墙逃走

争夺儿子的搏斗还未结束
没有慌恐
只见你出奇地沉默平静
我最熟悉面临彻骨鞭打你
自信严肃的神情

为大地保护它的儿女
刀枪暗自相向晦昧时刻
你周身秘密氤氲梅兰幽馨
你的影像飞向天使翅膀
神意闪烁中你笑着笑着哭了
你那女性温柔的肩头挑起千斤重担
慈爱的心上压着万吨石头

你心地虔诚一身素朴
想起你不由人激情无法平静
一阵阵隐隐心疼

大地啊，山河
哪个年代我们祖先凿了第一口水井
什么岁月我们祖先搭起第一所房屋
我们打过多少仗织了多少布
经过多少回的天灾祸患
我们祖祖辈辈为你洒下多少血和汗
我们编了多少动人心弦的故事和诗篇
我们在黑夜里透视出你哭泣的面容
我们魂梦萦绕你衣衫褴褛遍体鳞伤的形影
我们亲手扭断套在你呻吟的颈上的绞索
我们心坎回荡着你挣脱锁链的怒吼
我们为你倾注了多么虔敬多么严正的深意
我们精神充满对你难以言状的爱情
我们神清气宁情志高远的气质与心灵
······
······
祖国　没有我们
你还成其为你么！

《初夏日——北京门洞》 20 世纪 60 年代

《大公鸡》 20 世纪 60 年代

《鸡冠花》 20世纪60年代

《向日葵》 20 世纪 60 年代

《谛听》 20世纪60年代

《苍山牧歌》 1961 年

《香山焦墨写生·老藤古桥》　1974 年

心病

1972 年写
2019 年删改

昨夜　烟水迷人眼　满地花如雪

成群红烛火苗与水中自己的光艳花朵
在古旧大笨缸水上微颤着往还穿插
洋溢着鲜花气息淡红浅紫雾氛
这奇异景象最初绽放于怎样的念想

窗台　屋角　箱柜　神龛高高低低烛光
迷离地颤悠　上下四方光影徘徊
企盼什么　牵念何人　感恩何事
这奇幻深味何人创意？

这一刻　我见证了新老时光互道吉祥
琴弦响了　聆听神的叮咛　我被惊着了
我正在经验一种新的生活样式
农人活着艰辛，心思、活法缘美缘善而进

琼花扬扬洒洒为你罩上洁白的披风
放眼望去　满目银色华彩
鬼节阴风追赶你蓝色的雾
金、黄、褐、红搭乘风神锦辇且舞且歌

偏远的角落　我尤爱你覆满落叶的幽暗流水
月夜森林好长的阴影　鬼魅幽灵暗自走动
这些可还依旧？忧戚心中发芽　我只想为你祈祷
大把花瓣向你抛　我只想为你吟诵
跟你学会农妇哭灵的挽歌
村童逃学风筝凌风一季
我望着天光恍惚吟哦　倾吐你
富饶而艰辛的原委与深意

1946 年，张仃在佳木斯

1950 年国庆前夕，在天安门城楼上悬挂国旗

你像村道上那个朝山敬香的人
褡裢挎肩　尘土落满
全程膝行　忍着饥渴
告诉我　你的路哪里是尽头？

水井

1972 年

玫瑰、木槿、刺梅、月季，一意攀缘井栏断墙的七里香，薰风从沉睡中摇醒，饮过了春雨春露纷纷睁开眼睛。皂荚树已挂满了长荚簇簇。

人声水声环飞，树影花影横过，这井台也是一个缄默多少年的处所，目过村民多少悲欢离合。

过门的媳妇待嫁的村姑常结伴来到这儿。

水车嚯嚯，马蹄得得，井水湍流在铺满陈年青苔的木槽。

那湍流又往石槽猛注一股狂涛，一头雄狮抖撒鬃毛纵身腾跃。

女人们捣搓衣裳跪在渠边。渠水摇晃，倒影浮荡青春在笑声中洋溢，生命随臂腕律动而流涌。其中也掺和了深重的和轻微的叹息声。

钏镯在石板撞击，结串的银玲跳珠溅波，叮叮当当跳落水面上。

劳作的节奏，生活的韵律激荡旋转。鸽群滑翔，鸽哨嘹亮，天上人间一片银光一片交响。

1954 年，张仃江南写生时

大地的恩情

人人都说自己故土好
可我的故乡真真叫人心放不下

遥望云端，巨大碧蓝的钻石琉璃峥嵘耸立，终年蓄有白色蒸气。以其明秀杳远扬名，气概出世。

终南群峰埋藏数不清的轶事传闻，怀抱永不得解的奥秘。

烟雾缭绕，游云掩拥，人们说那儿有神仙居住。

宁静的白昼，大气隐约飘忽圣乐，深美，旷悠，《赞南海》《菩提颂》时隐时现，摇晃着诵经击磬声。

原野伸展，望不到边缘。钻天杨一行行精神抖擞，树梢高挺着探求云乡。

天风能逗它哗哗乱响，也有人听见仙女们云际拍手鼓掌，错错落落一阵阵从天外飘洒。

楸树、楝树青葱绿叶编织清夜的梦，幽幽月色中抖颤着飘落繁花。

椿树、梧桐倦于整夜眨眼，高擎碧绿华盖随夜风凉意悠然飞动。

合欢技叶高张，托举着粉红云霞，好似新娘披着月光戴着婚纱，从水面端详自己的娇丽，却不防，一阵风潇潇洒洒摇乱了身影。

清秋节，原野山岗满眼红宝石、琥珀、珠玉。晨雾缥缈着越过曲折清凉的微波，向丰熟的田垄果林浮游。

忧郁的蓝幽幽的温柔渐渐扩散，湮没大地溶染万物。

静夜里星群浮动，月神正徜徉树顶。何来这万千令人陶醉昏迷的音乐回环荡漾，流过朦胧如梦的景色？

听那苇丛糅和了多少秋虫、多少草花树叶轻诉，摆荡溪水低徊轻歌。

《香山焦墨写生·碧云寺钟楼》 1974 年

《香山北沟村农舍》　1975 年

《香山别院》 1977 年

《太行十渡之秋》 1979 年

《房山十渡写生·鸡犬相闻》　1980 年

《房山十渡写生·山谷》　1980 年

《房山十渡写生 · 十渡晨烟》 1980 年

村口

我归去的脚步
步步踏出你回响的颤抖
一股热流咽塞了胸口
走遍世间，几个人心
经得住颠簸！多少岁月
从我们脚下流过，你啊
总还是那一身打扮
知了还在梢头唱那烦闷的歌
篷顶柳丝悠缓飘拂
我们村外小木船还在停泊
忧郁地，坚韧地

为什么，为什么还没人撑起篙
放它到一路顺风宽广的河面上

偎依着妈妈，新添的牛犊子很乖
老黄牛依旧拴在场畔的枸树
这一对牲灵，不知怎地
看着总是叫人心疼
它们眼睛凄惶无奈
（总泪汪汪的）
知道歉收
也懂得人心忧愁
它们从来就这样
漠视前方，嚼着青草
默默地，茫然地

为什么，为什么还没人解开绳索
放你到辽阔丰腴的绿野天边去呢

1956 年，张仃在巴黎的旅馆里

1956 年，张仃在法国南部坎城加里富尼别墅拜会毕加索.

张仃在法国南部坎城加里富尼别墅拜会毕加索

不要玫瑰

不　不要玫瑰　不用祭品
我的墓　常青藤日夜汹涌泪水
清明早上　唤春低唱　一只文豹
衔一盏灯来

匆匆赶来安顿歇息
我深思在自己墓地
回望所来足迹
深一脚　浅一脚

寻思那边我遗忘了什么
崖畔　光影　清水　风声
徘徊　徘徊
总是　总是寻找什么
我已告别受苦的尘寰
这儿远离熙攘的人世
白日里我听见　蟋蟀空寂鸣叫
黑夜里我听见　山水呜咽奔流
我有心跟山水悠悠流走
又恐怕山水一去不回头
启明星哟
风里露里　请以清光辉映

不要
不要向灵魂询问

只有一只鸟儿还在唱

只有一只鸟儿还在唱
　　唱也打不破
冰一样的寂灭静默

我们不再会请求
倦于幻想　可是
预言的鸟儿啊

　　你就不能用你那
清越洪亮的歌　祝贺一个
　　明丽的日子诞生么

1953 年，张仃在莱比锡

1953 年，莱比锡国际博览会展厅（前画图者为中国馆总设计师张仃）

穿过废墟 穿过深渊

1977 年 10 月

哦　清朗透明
　　长笛一声声
　　　晨号激荡金色云层

美好时光　已
　　与　年　岁
　　　　　共逝

蓝　黑
　　浓绿墨深
　　　那忧郁星辰

也　随　潮　汐
　　　流　走
　　　　我们也曾背着人将

长长的夏唱成一支歌
　　我们的额
　　　　一串冰凌吻过

我们不是编过
　　忧惋的花冠？
　　　　不是跑得老远老远

采来忍冬绕成花环
　　欢愉又青葱？不是走在
　　　　一条走不完的路

那时黑夜还正揪住黎明
　　夜气浓湿古坟幽寂

原野布满埋伏

野花落了又开
　　拱门破败
　　　　石阶塌损

哦　别提　别说
　　都一一省略
　　　　难付言词笔墨

听
　细听过往脚步
　　　步步都是已逝的

我们青春的回声
　　不由人
　　　　胸膛一阵灼烫那儿

已酿出一池泪一滩血
　　又是一个
　　　　清冷的秋天的早晨

又要迎来
　　冬日黄昏漫长沉闷
　　　　孩子们

我们可否再次点起
　　金色烛光
　　　　众琴铿锵

月华星芒飞遍
　　镶上碧空　有
　　　　我们一大滴泪

在高处燃烧最是晶莹
　　　我们又
　　　　　　用天声用月色清露

编成一个花环不朽
　　　满腔心思都被
　　　　　　一袭蓝雾一片白云系住

生命弦正要调好
　　　去航越
　　　　　　瀚海冰峰

在那绝岭
　　　武帝立马翘首
　　　　　　亚历山大东望却步

天宇澄清
　　　冰川火河扶摇晃动
　　　　　　驾波驭涛我们载了一船

青山爱绿水情
　　　一船未知一船呼唤
　　　　　　这样就

浩荡　堂皇
　　　虽是还
　　　　　　有些苦

涩
　　　一丝　薄荷
　　　　　　味道

《房山十渡写生·十渡农家》　1980 年

《霜晨》 1982 年

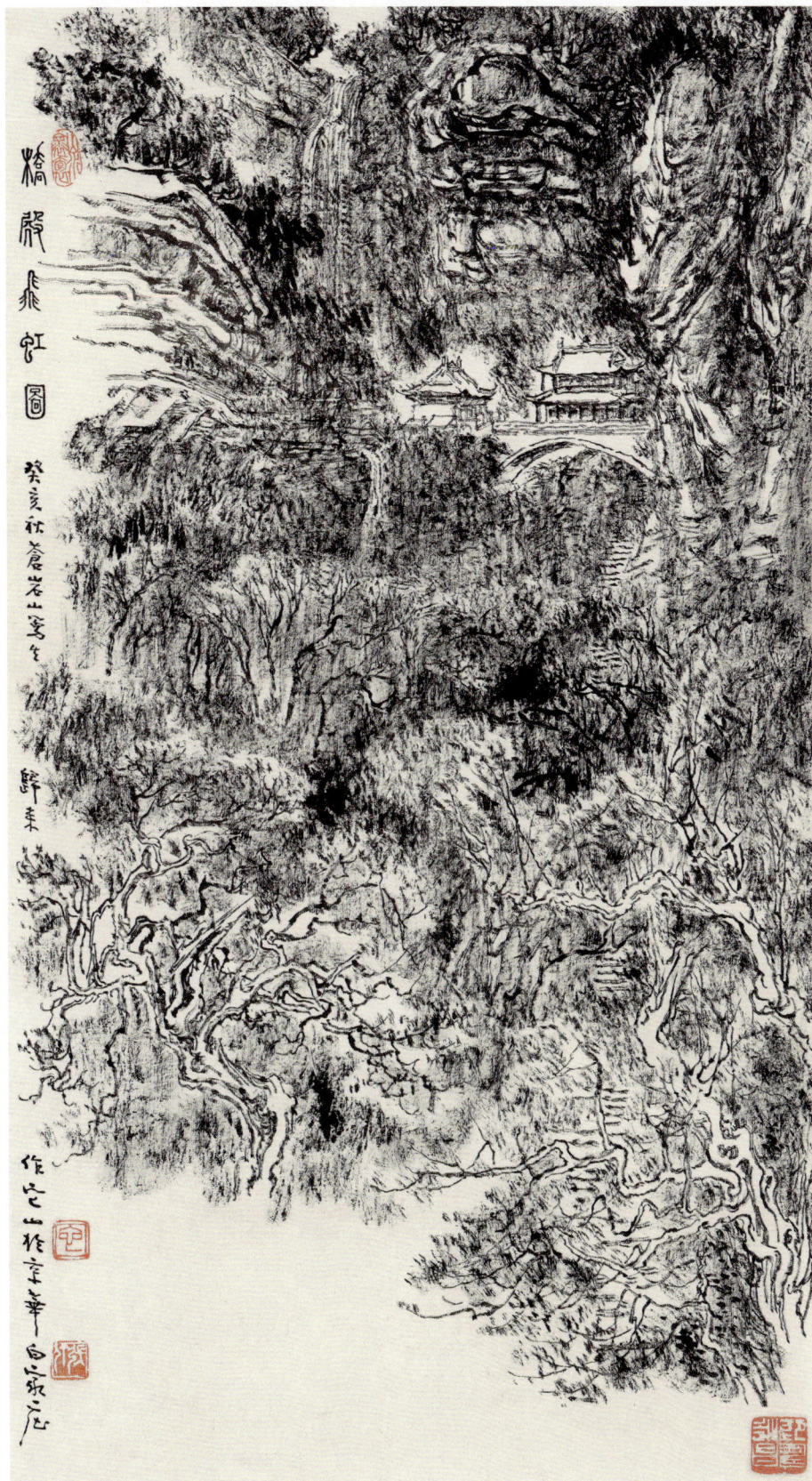

《桥殿飞虹图》 1983 年

《龙洞》　1986 年

《孟母林》 1986 年

《小龙湫》　1987 年

小龍湫

兩富爭奇遊厥為勝靈巖寺小龍湫
石壁如屏小瀑水綠丁卯年春臨間又一歲矣
遠西定山寫後芹記

《杏坛》 1986 年

鴿子、琴已然憔悴

灰 娃

（一）

難道我成了！
～～～殘骸
斜枝野風經午
頂正著夢婆娑　悄然地
心中蓮開蓮又落　一榀去自身
來到遠離掩埋祖先的地方
把心思托付給風
聆聽不斷擴展的浩遠之音
祭奠人世不朽的悲痛
可又為何在此岸跟大夥兒
行匆忙活心有迷離卻

裝做興味不錯

（二）

風雷一雲永
據說緣起一則讖語
眼見那些妄通法者一夜間又
通體躥出了另樣枝條
這前後永逝不再寸寸流光竟
托為充耳的萬花千樹
競相吆喝一爭嵯峨　或調門尖刻
或不露聲色八面～來
我司夢的花冠遭此摧折
嚴重缺氧拼命呼救

四

五

13 嘶啞聲困在狹窄喉室6
14 在顱腔四壁衝撞

15 能再遞我一挺輕機槍嗎？

（三）

16 ~~透露屑詐讖語謎底~~
17 透露屑詐讖語謎底
18 即使宿命 也該讓人弄懂怎樣
19 言我如何行走甚麼表情才算
20 暫時依憑效慕的準則？
21 太費猜測令人氣悶
22 這關乎人類的
23

天堂鳥兒的預言故事

（四）

23 用一種飲料想起童話
24 想起樹椿狗尾草想起那些風 21
25 捎來世事嘆息的回聲直吹人的心靈 22
26 那高高的風水瞭望者為甚麼 23
27 覺著自己精靈飛走了；樹頂鳥窩 24
28 風沙樹晃著歌謠，莫非那儿躲藏著我？ 這證明
29 我的生命由我本人活着？ 可 26
30 心靈感應又收獲些甚麼呢？27

鸽子、琴已然憔悴

1977 年初稿
1992 年完成
2019 年修改

一

来到远离埋骨先人地方
祭奠人世不朽的恸与殇
又为什么跟众人此岸忙活
心有迷茫却强作兴味不错
眼见那伙妄通法者
一夜之间通体窜出
另样枝条竞相吆喝一争嵯峨

调门尖刻或不露声色更趾高气扬
八面闯来　我司梦的花冠
遭此摧折　严重缺氧拼命呼救
嘶哑声困在颅腔四壁冲撞
能再递我一挺轻机枪吗　或许
透露些许那老者谶语谜底
即使宿命也该让人弄懂
怎样言说如何行走什么表情
才算暂时做稳奴隶的准则
太费猜测令人气绝　再说了
这关乎我　对人类绝望　再不会
有什么憧憬　要不就说说
预言鸟的故事　美善　清晰
那大爷晦暗机巧　逼人崩溃

二

想起树桩狗尾草想起那些风
捎来世事叹息的回声直吹人心灵
那高高的风水瞭望者为什么总是

067

20 世纪 50 年代，张仃在香山

20 世纪 50 年代初，张仃在五塔寺临摹明清石刻

20 世纪 50 年代，张仃在北京大雅宝胡同中央美院宿舍作画

觉得自己精灵飞走了；树顶鸟窝
晃着歌谣　莫非那儿躲藏着我？
这证明我的生命由我本人活着？
可心灵感应又收获些什么呢！

何方烟尘正抹去灵魂记忆
那个孟夏子夜满城花谢
至今还没装殓　莫不是日久年深
寂寞了一脸懵懂蓓蕾夭殇
依依地执着？仍未敢点支蜡烛投去
一缕光望乡岭？安魂曲送一程？
既然我们侥幸活在世上

三

灵与魂被强暴？被偷换？亲手捧献？
千秋深意有谁品味过？
什么人匆匆停下一霎把心观照一回？
何以意识中枢与心律交火？
谁的魔法应验了？真可谓
豪情竟惹寂寥？剩了一襟晚照？
饱受惊吓的心　不要往浓雾里飞
也不要靠近燃烧的玫瑰

玫瑰燃烧会焚毁你脆弱的心
最最脆弱部分　你不见
月华星辉掩映　故园风雪后
屋角墙阴面影不明　万千天籁
把神的意念传诵　守护神的昭示
已是无声无影

可丝一般易感易伤我的心　原本
山林流水原野村镇

卡农变奏缠绵　复调层次交织渗透
我魂魄震撼　心灵洗礼
亮亮的神的音乐圣洁空灵　令人肃然
我生命的要素消逝在迷梦里
哪儿去寻？哪儿去找？让我们
去听星云

四

生命流程暗摇声响　我这是
从哪里归来？和自己相向泪如雨
这时凶兆暗隐怪笑四面冒泡
我的心化作嫩蔓朝里卷缩
却说有只鹰回旋秘语　迷茫着
梦着有朝一日心魂修复
灵性回归　涉蹁什么样的水火？

天深处水域渡口众多魂灵有我
神前敢问：准许去心弦崩裂广场
凭吊人世不朽的恸与殇？
那儿鸽子、琴已然憔悴　花朵夭殒
云之上谁把信天游高分贝孤自嘶吼？
神前敢问：哭、笑、忧、愤可由自身？
泰然处之？置若罔闻？
神的杰作我　生而不会
你去问一问　今天
神可想收回自己作品？神说
不许你先死　正义尚未来到

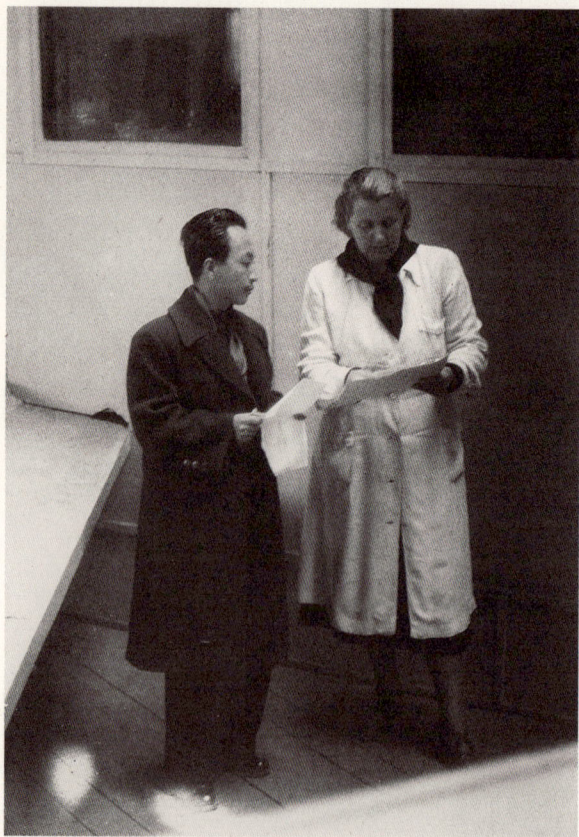

1951 年，莱比锡国际博览会中国馆施工现场（左为张仃）

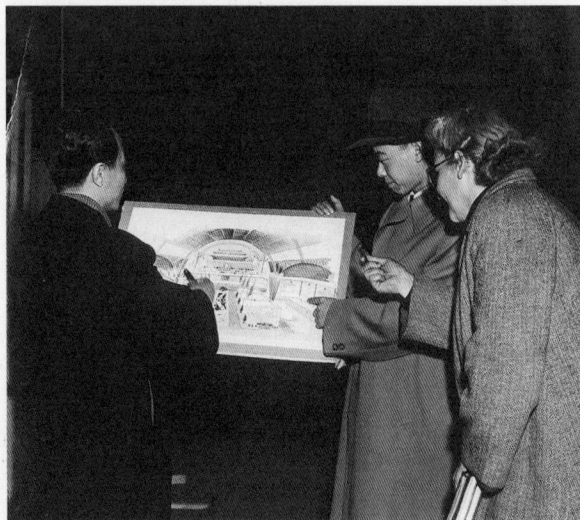

1951 年，莱比锡国际博览会，张仃向外国专家介绍中国馆设计图

我招供 ── 避开了……

写于 1978 年
2019 年稍有改动

梦启迪了我
无边无际　音乐载着
造化的喟叹于我心中延展

一

遥远　苍青
你那静寂与叹息
我已渴望太久
我要向你招供
我人性的委屈
朔风蚀骨
扫过盛装的树
枯枝不善弹奏
葱茏神往的欢歌

避开了
毫无价值的嘴脸和社交
谛听树叶　谛听寂静
晚来泉水琮琮铮铮
和着森林低语
古老磨房大木轮子水神推送
呼呼呼呼价地转
筛面机卡嗒卡嗒
二重唱、轮唱忽隐忽现
农妇老汉谈说年景
守林人抽烟歇息茅庵前
绿油油伸去老远老远

黎明前微亮勾出地平线

那儿河面似螺钿一闪一闪
林梢微颤出
婷婷袅袅　天使婀娜？
风中摇曳旋绕着炊烟何其飘然

巨型火轮朝西滚动
天边正退去长衫色泽微妙
自谷底毛梢子林渐渐隐没
箭杆杨直指天宇
明镜一轮高擎梢头
阴翳中村姑们一双双光足
溪流吻了又吻　吻了又吻
那一湾清溪竟荡漾着
一曲童谣　恩恩怨怨
神鬼人的轶闻奇想

左近磨坊窗上一盏灯影摇曳
大木轮子还在咿咿呀呀地
是谁打那儿路过
赶集迟归石匠老人

二

你的松林怒吼不息
声如涛　色似玉
岩峰咆哮风骨千仞气韵惊悚
你那林莽猛生乱长池沼
野花山果安然枝梗
暴风雨袭击过越发蓬勃
清流涌自何处秘境？
白云生于哪尊神的气盛？

崖壁上激流狂泻奔腾

冲破远近山林幽静
只听见哲人叹息放缓脚步
钟声轻荡着诗人梦的忧思
微醺游吟趋向云梯
而逢阴云冲动　雷电发火
满山满谷响应
叫天地山川战栗不已
直到主神干预
停息在万山丛中一处深谷
我便忆起杀伐之声震天
剧痛战栗的山谷

仰望峦峰不是　叠嶂不似
只见激情　灵性
亿万年的推敲　斟酌
我望见一线蓝光飞逝
意会了天地　领悟了人生
奥秘　肃穆

出世幽独　只有山鹰配为伴侣
静止的云　张翻的鸳
垂悬在倒影野花的湖中
看着浪涛喧啸争锋
便想寻觅那秘密源头
这激流怎样挫折扭曲
融入湛蓝色的絮语神奇的合声

三

……我怎能离你它往
在你胸怀我拥抱整个儿宇宙
宿命之星已然烁亮
诗神的树正抽芽泛青

离别路上　骊歌渺茫

你用沉默吻我心上

只要求一个朴素青葱的花环

一个常青的报酬

我怎能离你而去

那儿把无香芬的花狂摇

往洁净的花涂上颜色

你会哑然失笑

你清灵博大的气韵风骨

在我心房流转

你生命情调精神气象

不灭的星座

我不忍离开你　你是我永生的记忆

清籁满空松花坠落的寅夜

我徜徉在你松林的静谧

你的静谧徘徊在我心里

我也追回激情挥洒的日日夜夜

和那些无名岁月日常、深邃、肃穆

诗意悠远的眷恋与爱　隐含

藐视一切卑劣的庄严与尊贵

怡然抵达人性最柔软最易感的

脉气；为失去的旧文明旧文化之美

人世生活永恒赓续深情的挽歌

旋转着　宇宙　飞速　悠然……

宇宙巡礼　漫游不息……

《山鬼故家》 1987 年

《秦岭行》 1988 年

《晴雪》　1989 年

《峡江》 1989 年

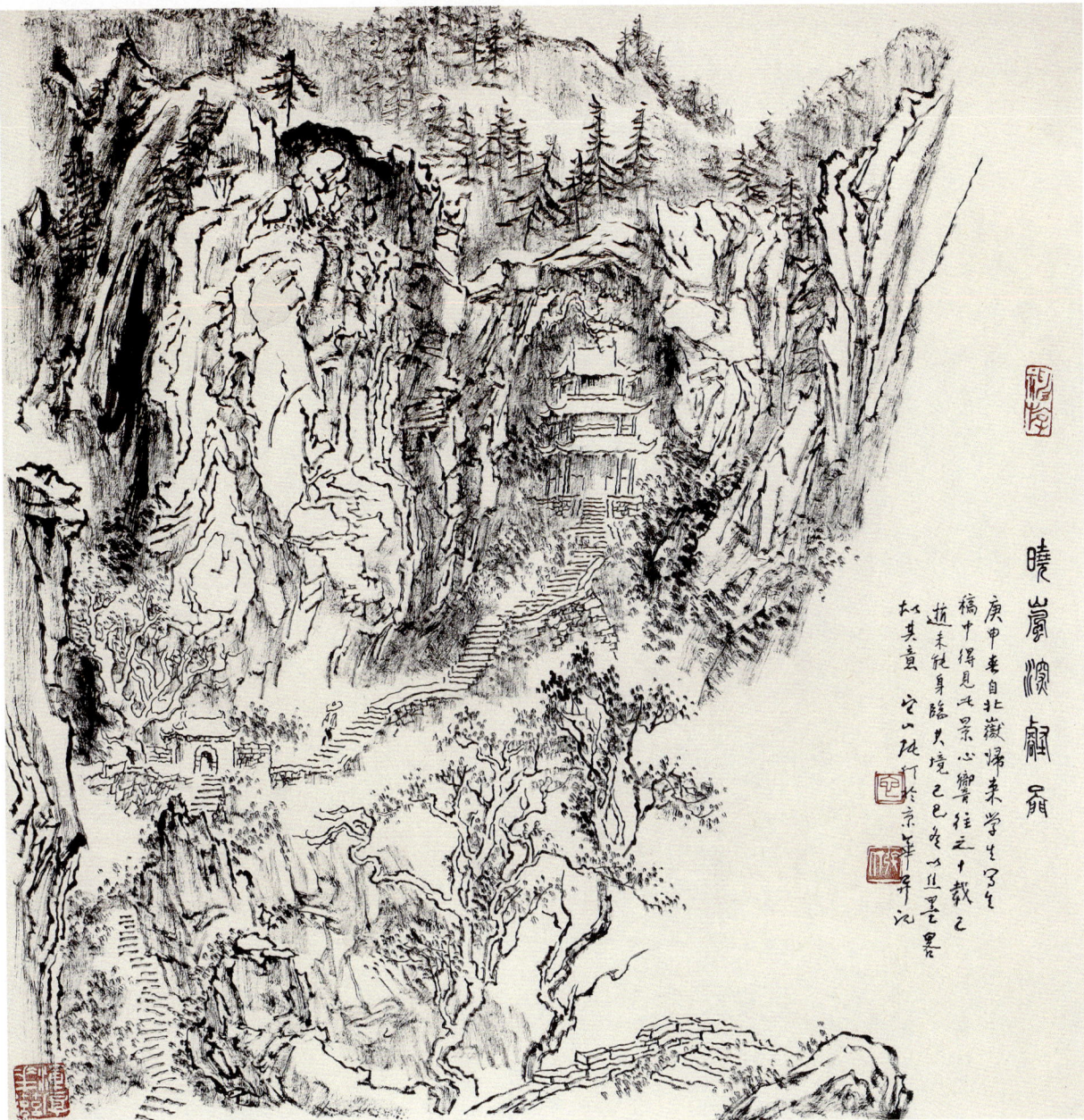

晓嵐深壑图

庚申春予自北藏归来学生多在
稿中得见此景心向往之十载乙
遊未能身临其境己巳冬八丛墨暑
始夬意 空山旅于北京年丰沈

《晓岚深壑图》　　1989 年

黄果樹老屋

辛未冬日
空山張玎于京華

《黄果树老屋》　1991 年

狼群出没的地方

狼群出没的地方

风越发凄厉

呼啸着　疯摇

参天森林　也不知这样猛烈撞击

痛还不痛　声响干涩

这些伟岸的树　没有泪

林中的湖已冰封

走进这些千年老树

满天星星飞扑下来

鹧鸪疾溅起琴键

旋转着在四方熄灭了

我聆听一片忧郁的沉寂

看远方烟云轻霭　血液里那份

粗朴土地的乡情

狠命吞噬蛮荒

1961 年，张仃在云南西双版纳写生

1978 年，中国风筝协会成立，张仃与胡絜青、侯宝林等在主席台上

1978 年，中国画研究院筹备会（自左至右：黄胄、朱丹、李可染、张仃、李苦禅）

在幽深的峡谷

那个幽谷有魂，常敲击我的心扉。

耸立两岸苍崖秀木，鱼儿穿梭幽冷静深浅蓝深黛。

听天声流韵响彻岩壑，我疑心闯入了仙林。

倏而仙林化为魔境，上下四方追光蹑影波荡云摇，风神飒飒飘过。

在那美丽莫测的河岸，一间茅屋一带胡桃老树。绿色华盖浓阴匝地，绿荫头上罩着白云，
树梢掩映着茅檐和低低的窗扉。

绿叶碧水围荡的小船，童话的梦中的摇篮！

从那儿走出一个少年。

衣衫褴褛，光着双足，诚实的眼睛黯淡忧郁。

少年坐下在裸露的树根，低头对流水出神，仿佛会永远这样静定谛听，那样沉静那样孤单，
就像这幽深的峡谷，像屋顶空寂无奈的烟囱。

从这不舍昼夜的水声，莫非他听出了宇宙的秘密？林声传出古老的生命的呼唤？莫非，他
倾听造化的精灵，期待一个永恒的回音？

过司马迁墓

起风了　司马迁手中
擎着一盏灯
穿着麻布衣袍

凌乱的胡须暗淡的发里
凝聚两道电流
穿透悲欢荣辱
超越赞颂

他告诉我

住在这黄土岗上挺好
亲切浑厚像一位老农
我仔细听
这高高的黄土岗上

星子们就在耳旁

飘飘摇摇在蓝色气层
一面穿梭一面谈今说古
南来北往群鸟
山崖上筑窝
飞绕陵墓古树
翠柏枝头山雀吟唱
一道闪电
曳着低沉的雷声

我看见司马迁宽的额厚的胸
黄河和大野的气息从那儿穿过

1979 年，张仃与首都机场壁画创作
组成员一起讨论壁画创作

1979 年夏，张仃在首都机场壁画工作组会议上讲话

1979 年，张仃与首都机场壁画创作组成员一起讨论壁画创作

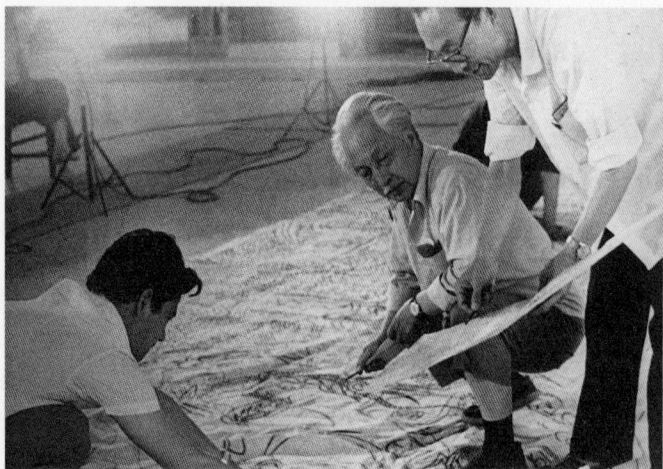

1979 年夏，张仃（中）、张一民（左）、楚启恩（右）在首都机场壁画《哪吒闹海》绘制现场

炳灵寺

大屏障
切入云层

太阳琴沦涟潺缓
太阳鼓激扬七色光焰
　　　马群
踩着大气跃升

而土地脉络里
沉淀成巨大静寂
为什么　你总把头
藏进那些繁华梦
残片坠落时
竖琴簌簌
　　　撕碎
　　　　　牧人乡愁

风
无尽孤独

一匹狮王　他来自
风的源头雪的故乡
　　　　云块密草丛生
　　　　地灵设下祭坛
　　　　集结军阵是乌孙王

大屏障崛立
洪荒日子掣电滚雷腾起的
　　　　　纪念碑
以灵魂威仪凝定缄默

迫狮王掉向
激情意志压抑太久
疯狂奔突疯狂爆炸
百折千转一路喷发诅咒

可这儿你脚前
碧绿层层波着荡着涌着
日神以金针往复穿梭
大峡谷两岸
涌出远古的铜的音色
仿佛流光停在宁静的虚空

诸神的杯盏
已斟满
幽光斜落　云
正横过初上的月
星群绕峰巅飞旋

一把火握在手　我
用力扔向河面
水流滚滚依旧
依旧酝酿新的
沉沦漩涡　涛声
隐着冥王的符箓
诡谲的疆域阴暗的山河！

就在这一刻
落日余晖熄灭之前
　　　我听见你
说一些难忘的事
一面细数你
典当自己残片的心思
噢　炳灵寺！炳灵寺！

《龙头河渡口》　1991 年

《苗岭朝雾》 1991 年

《黔西水磨房》 1991 年

《燕山古道》 1991 年

《龙水梯二泉》　1991 年

龙水梯　1991 年

今年的秋天是由我屋檐 家鸽
及当上宿下来的
夜深了，闹春梦也醒了
滴漏，清晰，一滴，一滴
滴声远了，远了，去

呼先那悠专的巷子深处了
谁又把铁马儿挂上檐头？
那清绝凄恻没有人知晓！

叮玲叮玲，凄苦的阴影隐
永算心上，无论颠沛仔方
曾化虫豸与秋千挂荡 今夜
叮玲叮玲凄凉的阴影
又添远方呜咽，大雪心
叮玲叮玲凄凉的阴影
又添幽咽悲言
叮玲叮玲凄凉的阴影
永算心止
无论颠沛仔方 今
生命 之问，你有没有？
柳梢敲出着窗棂，敲出旧些伤口
铁血加玫瑰之梦变形而
异态，失衡，血痕，隐忍、
告诉我这一种荒诞怎样回
落照
余辉，阵阵落叶纷纷
飘向映着的水中 自下坠
更何况昨夜风尘昨夜梦
今秋初听一夜雨
灵魂的泪水往深渊流
玫瑰枯萎，琴已破碎
你知道你是谁？
你有没有校正生命之轨？
小糕是飞来艳摇曳吟诵
难道是哪声哪一韵最伤？

八一滴，一滴
渐渐远了，远去那
风浪卷起雨帘
五先沉枝错杂数
每拨乱丘五 雨歇声稀了 风
继而疏落潮野

云飘水遥树摆
随 草也摇，虫声儿风颤隐
孤梦边诉韵吟诵，摇曳
你道是哪声哪韵最伤人？
铁血加玫瑰洗礼晴
风暴 爱与痛的迷惘，哪里去找
哪里去探摘找救相思愁

一身前朝装扮古旧，尊严
砖墙、门窗、栋梁屡经
兵灾离乱、风雨摧残
满屋陈年旧物及端午香约
微光幽暗中由门楣破裂
斜射进来一束光，光束中
无数细粉，微尘倘佯抖
神龛中央神位前旧铜香
三柱香三股青烟缭绕着
篆着缓缓上升，左转右弯
而右合并一气凌空消散

兰色旧瓷瓶立着两枝残花
胭脂色已衰褪，想见当初
静静开在井栏，云霞月光为伴
露珠辉映，散发醉人的 芬芳
神仙也唏嘘惊，如今已然憔悴
陷于沉思，别具劫后残损之魅
美遭摧折，令冥思心灵倍受
侵袭，而美之完善又何其艰难
香炉两侧两支大蜡流着泪
主妇将其点燃，素心虔敬
细声吟些许意，祈盼
烛光、香失、篆烟、神意
漫润人心散畏悲恼
台头却见置于屋竟是干透的

腾格里短歌

起伏的

大漠腾格里

热浪翻滚游动

亿万双手五指指向前方

蜂涌着冲开气流

仿若无边森林

横空一齐指向西极

浩瀚流程

奏鸣亮色哨音

像箭镞穿透我们

心房封藏的愧悔

无论是得意还是

黑魆魆的委屈怨恨

耀眼的

大漠腾格里

白热的光之海日午摇摆

摇摆着铃铛紫铜色清响

半夜里月光汹涌起来

深红的玫瑰

狂热绽放

整个风库沙原

窃议一场哗变

于是岁月沧桑开始模糊

今生前世都被勾销焚尽

不由人　便向往葬身这

远达天边的合身流韵

1979 年 10 月，首都机场壁画落成，张仃与参观者在一起

1979 年，张仃陪同平山郁夫夫妇参观首都机场壁画

在大漠行进

但我开始向星云的清澈祷告
我一定要祈求滚烫的太阳

并非是倦意
我走在年代的废墟
因其古远
大漠金色凝重沉着
笼一层忧郁辽远无际
我无法明说的神秘
也沉甸甸
堵塞旅人呼吸

行进在大漠
我大口大口
咀嚼太阳味道
品尝　浸入血脉
酒神狂欢颂歌飞扬
从马拉松平原到萨拉密波涛
希腊男儿诀别大地的誓语
至今回荡萨摩比利山道
后世人心肃然战栗
奴隶枷锁声搅乱
西赛罗词句的火花

沙漠之风吹送王国轶闻
吹送沉香玫瑰
橄榄林摇曳着蓝色海波
蓝波推进华贵的商队
目标向东
朝天地尽头航行

我大口大口
品尝太阳味道
转身
天际碧空冰峰闪耀
一环一环神光荡漾
耳听得佛祖　安拉
正在布道
一片莲开无涯
莲香缥缈

水源不见商旅无影
瀚海
抖动一片辉煌
抖动辉煌的
悲怆

在大漠行进
什么奇异的节奏
细密如同飞霰
如同黯红火星
旋转飞溅
在干热的气流
波斯语　土耳其语　拉丁语
藏语　突厥语　蒙古语……
四面八方夺路
争相同我问答
旱风并给以相助

行进在瀚海
常是
无所谓孤独不孤独
大漠含敛它古金色的光辉
旷远　持重

1980 年，张仃在香山饭店与赵无极重逢

1981 年，张仃在新疆克孜尔千佛洞

抖动这样辉煌的
悲怆
你会萌生寻找世纪
遗失了什么

光阴催人 昼夜兼程
一路跌宕，我们
已站在彼岸门口
最难忘你时而慨然：
艺术，谈何容易！
爱，又何其难！
这就实，

我多想再搀扶你
往工作室走去，另隻手
端着你的老花镜、烟斗
你的臂膀紧紧夹住我手
生怕我抽去，儿童一样
担心大人离开去，唤
这一桩桩 道不尽
已然永刻心间
随风水清氛 漫洒弥散
听啊 神灵的钟声响了
你回去归人世此生安乐禀告吗？
既然那 得明净绝俗
可会洗清世上的委屈冤情？

onta 圣特、体道、存在、有。
Logos 罗格斯、逻辑。言记思想活动
道、本体
nuos 奴斯。心智思维、误设
本体道。

《非你莫属》
藏志龙（川顺风）

不舍昼夜

这里有两株芦苇
两株芦苇有两果

2010年1月，张行先生中风抢救第45号封联系
2014年冬定稿

2009年12月 张行先生中风抢救第3个月处封

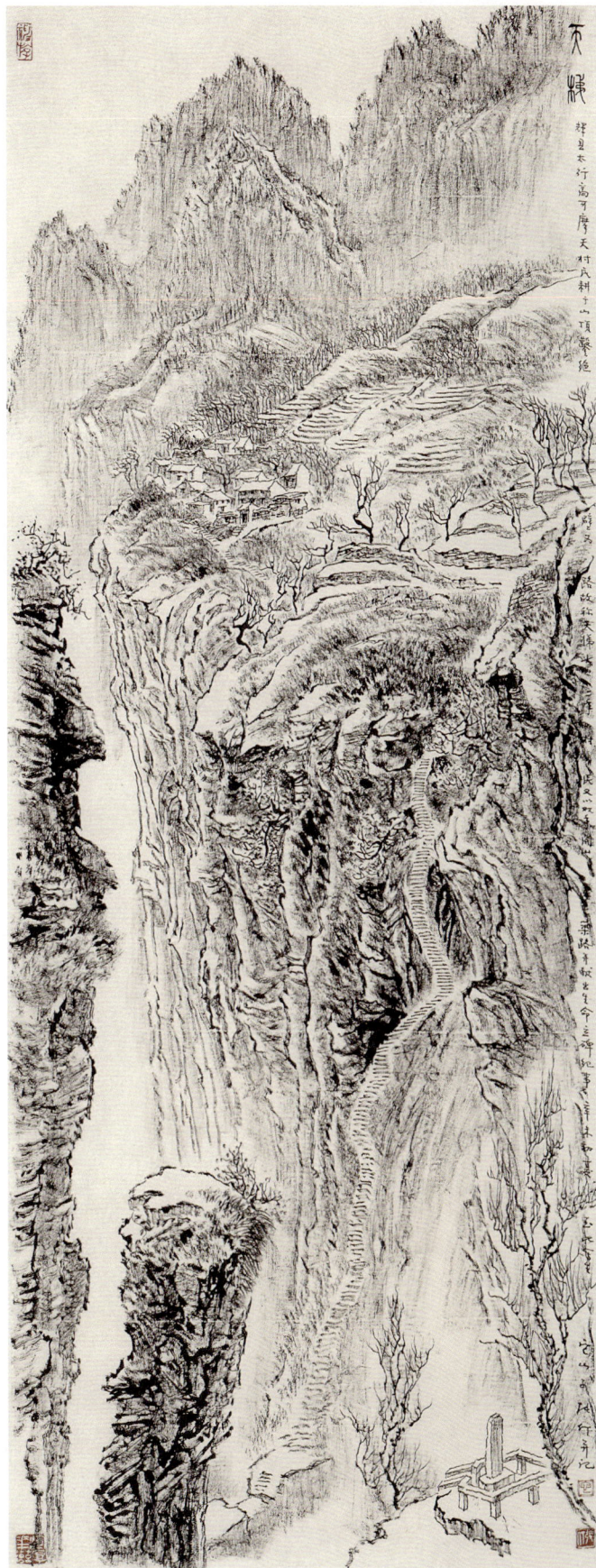

《天梯》　1991 年

《潭头》 1991 年

118

《太行烟云》 1991 年

《柳浪梨花水电村》 1992 年

《山深春到迟》 1992 年

《守林人小石屋》　1992 年

《水磨静寂泉有声》 1992 年

《潭头》 1992 年

仙灵精怪魅影飘渺

不定何时报复谁的招惹
世来服些不足道的运气
乡野的丝丝缕缕直直流淌
通过每个生命的细流幽秘渗透
它那天真傻气的梦,撕碎
你不知多少人的心。请欷起善意
听,听乡野辛酸的呜咽
隐忍的叹气,深重的喘息.
负载着天地、人世代之殇
涵漫着创世的美低低回荡
无声流转.

月亮从大漠滚上来   1991 年

大漠的精气神
那些个金环银环
在高处射出冷光
弯道尽头
马贩子绸缎商越走越小
空荡荡戈壁上骷髅飘飘忽忽
新月形沙丘链和
沙丘背阴之侧居住着
猫头鹰、刺猬、蝙蝠、蜥蜴
这是它们的老宅　打从
狼烟消散就选中这厢的

我早知道　它们
心怀某种憧憬
和一些奇想　不避讳
庞大的兽类
天上湛蓝湛蓝的深海里
一个个
又圆又满的
月亮们对谁
也没有敬意
什么苦难也不眷顾
日头一落就出发
在大漠上空滚动
轰隆轰隆的巨响

1982 年 1 月，张仃院长参加中央工艺美院工业系 77 级毕业生答辩

1988 年秋，张仃在黄河壶口写生

山风呼啸
—— 抗击日军兽行的山里人

1992 年孟春于太行沙窑乡

注："三八"式，日军枪械。

嘘声沙哑
穿透前生现世的边缘
在阴阳界限升沉同旋
以毒火燎烧着的胸体挺进
以血染的荆条装饰
黑眸子缀有
"三八"式旧弹壳

刀丛火刑
灯焰熄灭霎那
火花飞进炽烈的辉煌
烈马临终
腾空嘶鸣黑鬃飘扬
直把　慨叹赞诵
赠给勇士遗骸一旁
声声啼归的催归鸟儿
热血抛向隐喻和迷

沙哑的无边的松林你
赠给这山岳高傲倔犟的
赠给山里人厚实无辜　拼死想要的
就是这
阵阵松风这呜咽着
摇曳人心的嘘声？

招展黑色云旗在光中行驶
在心上流连
山风呜咽　嘘声旷远
嘘声旷远

触动我的记忆

撞击我的经络脉动

思绪

似刺刀尖儿般

松针一样

纷繁错综

1992 年春节，在延安杨家岭（左二张仃，左四灰娃）

1992 年春节，回延安寻访大砭沟昔日窑洞

临风凭吊

不可企及
峰巅与峰巅的一线
夕阳斜射下
纤细光缕
阴影与亮光交错抖晃成
一片耳语梦幻

一带橡树黑栗向着虚空眺望
野风野藤摆动惆怅
回春的寒气送出　春咕咕先声
细雨和风　冰裂响动
春咕咕最初的啼鸣
心头一惊一阵激冷
某种预感
某种锥心的事

硕大轮子如木制标本
那座水磨早已静止
山水
空流
去告诉山的儿女
我们
浴血
这一带山上
你听那战马烽烟回声

还在吼
交出的是什么——
人心　人头！
什么样的砝码

能以相称？
也罢
亿万个头
低下来吧！
又要布满山野绿意
穿透冷雾杜鹃一声声
洒向黄连翘雪梨花映照
掩埋白骨的山坡

年年岁岁
山雾洋洋洒洒
大山的岁月
轰倒的
　　　艰难的
生离的
　　　死别的
被你
　悄悄带走
你把昨天
　　　　　带到
哪儿去了？
　　　　前天呢？
恸哭大笑
热血喷薄
的日子
　　　都到
哪儿去了？

《潭头尽处有人家》　1992 年

《苍岩奇秀图》　1992 年

苍岩奇峰图

苍岩奇峰图

河北太行，打著若石。千百年来战乱不息，百里乱石裸裸，石崮老岩裸裸，洞窟然突变，皆然奇碧洞齐流向楦，盈谷断崖千尺，悬林横空笔楼，殿下临溪，栢禅芳古，硪碙夫道，有安成，平起半赤崇碳，里一九八三辛秋，生时绢半，来此写月日享小，朱鹤桃雪花鹃屋，同斯境，十余平给兴本，尽桃塘之彬歙之它山，壬申冬久吸溪，松丁

《同乐堡古榆》 1992 年

同樂堡古榆

閬山西南同樂堡有古榆
遠近聞名村民引為驕傲
吾家南萊園昔年亦有
古榆兩株數里外可望見
惜為後代子孫砍伐故鄉歸
來寫此聊以自慰
壬申初夏 宕山趙村客京華

《雨过苍山夕照明》 1992 年

《荒村渡口》 1993 年

143

《积雪浮云端》 1993 年

太行纪事

出生的电火曾
蓝光倏倏陡升疾降
劈云穿星勾勒出这些
狂飙激浪的姿影
反叛的喧哗的风暴
飒飒爽爽窜入云中
云雾万丈深壑里升腾
那淡青色安闲浮游
飘满山谷山腰
仿佛造化飘忽静谧的梦

遽然间大块昏暗威胁坍塌
在右侧我和天地之间
正面黑森森压过来一艘
整体石铸的鬼怪式旗舰!

壮硕的身躯铜壁铁墙
重重叠叠群立着耸在青空
吐云纳风抵御严酷的命运
我们一同
隐忍了那种失落　像
极地冰山包裹的一团血色炭火,不是我们不能担当
这个黄昏有多凄怆

白云
绕着拥在你四周飘扬
朦胧了记忆、旗帜
掩埋着歌声、鬼雄
没有碑
没有坟

一树梨花疯开
　　一片白色摇摆
　　　一阵大笑空中抛来

万物抖颤万山飞动
紫气蓝霭浮游洇开
无边日光的海铺展着
销蚀着万千闪光色彩
瞬间
野霭山岚开始聚拢
集结成队伍
哗哗淋下来
吓飞了雨燕

擦过大石壁
　　一阵斜
　　一阵琉璃质的笛音

沿着云　我
到处谛听我前世
的梦，无缘由地哭泣
千言万语你湿淋淋的

烟花时节……

2006 年露月

烟花时节一场雨刚收
穿树掠水倏倏地一双幻影
忽又折势侧飞凌空往复
玄奥莫测这一对精灵
来自众妙之门
出于圣灵一声叹息
经受过荆榛巉岩　不然
何以这般轻盈似梦非梦
千里万里寻觅昔日屋檐
双双俯冲下降
掠过隐秘抽芽青色的憧憬

满园丁香正随风摇晃
浓密的小花瓣上
无数碎钻纷纷坠落
曳出万千条银光
沐在婴儿色的光阴
淡紫色的波浪里
掠过时空　我的幽灵飞向
一处久远了的庭院
神意掩映的地方　也曾
丁香花枝轻拂着光波荡漾
轻烟清芬在管风琴悠扬里缥缈
四周七彩水晶窗籁籁轻爆　你看到
光线纷繁游曳箭矢交错
那是我在穿叉交射的
七彩光线里飞

眼下一园银采映得
漫天雪青微微颤着　悄无声息

147

1994 年 9 月，张仃在宁夏弥山石窟写生

1995 年 4 月，张仃在上海南京路

忧郁的漫画家张仃

1956 年，张仃在巴黎参观卢浮宫

仿佛前世听过的鸽哨
余音停在虚空隐隐约约
又似遥远年份的梦乡陶醉
以纤细歌声温暖地缅怀
逝去的凄凉时光
思绪的紫雾渐渐洇开
记忆次第闪出

一会儿清晰一会儿模糊
闪回儿时的笑声——
仙女座众星飞翔起舞
灿亮的漩涡银光辐射
洒下时镶满在缀有
中国玫瑰的葱茏花冠　安祥地
辉映宝石蓝辉
似梦境飘忽不定
你聆听到光波银亮的碰击
那是我在雪青的明媚里飞

月流有声

暂且活回自己　只光阴一寸　那时
松树后山崖下　有冬之魅　正
谋算来年风雨　星子们却依旧
穿越虚空垂落下来　冬的安谧
悬在天体浑圆无垠
一朵白莲于天际悄然游移　不觉地
涌入听觉广大浓密的静默　在
耳边涨落　我听着
月亮在高空流转　听着万类
玄奥幽微不稍消歇　心
也随之去了远方　与一片流云
一同行进　虚静托起芬芳
竟是这般沉醉　于是才记起
我已把自己抛出太久
心室堆积的　是些飘零的黄叶
纷乱　枯干　而此刻我要
把这些芬芳这沉寂的深渊收集
永远留在心里　这是我
隐秘的奢望　再不要
再也不要和我的寂寞撕扯　让
梦的废墟琴弦摇曳穿梭
梦的荒原童音筝拨明澈——
云儿飘　星儿摇摇
海上起了风潮
爱唱歌的鸟　爱说话的人
都一齐睡着了
那婴儿睡中的笑幼鸽翻飞
那歌声清绝如洗

都一起回到梦里

20 世纪 80 年代初，张仃在唐山陶瓷厂为香港绘制瓷板壁画

1997 年，张仃与启功先生相遇于王府井国际艺苑

1979年，张仃在家中画室为机场壁画《哪吒闹海》
设计人物画稿

1999 年，张仃在深圳客家老屋

那些生命 那些水井

昨夜　有谁如我

到过一处秘境　领受一种
非人世的启迪
能唤出整队精灵　像风
牵着缕缕白云
穿越奔流的星星　从童话城堡
各式奇异屋顶掠过
还断续涌出歌声鸟鸣　甜蜜地
思念遥远的姓名和水井

绵延的悠长岁月的沧波
如诉衷曲　在
幽暗微亮中起伏　忽然我
被一袭电流击倒　痛彻丛生
恐惧委屈淋漓浇注　终被
造就为异类偏执者
成了自己的地狱　日夜折磨
孤立无助中热望呼出魔咒
举我出去　如此的徽记　试问

还有什么　比这样一种生命徽记更
其难忍难容

旧马车

乡村大路上滚动向前
我那两轮旧马车
颠簸着我沉沉的意绪
赶着寂寞路途
无论世事把我抛向何方

我总思量回去那一方，我要
亲手卸下马儿的皮革套索
拂去马儿前额红缨穗的灰尘

马儿一往直前，俊美的头颅高昂
它英气飒爽戎装少年模样
红缨穗子在额头飞扬飘荡

唱着，和着颈项一圈铜铃叮当

把我带到异乡；可我依然
想回到你带我出发的地方，那儿
有我的童年，庄稼汉的叹息
狗守着院门，老人眼里泪汪汪
我的马儿我也曾骑上它
抚摸它浓密光亮的鬃发
它会弯过头来给我的脚踝
长长的吻，一个亲人的回答
我要回到我的马儿身旁
揽住你忠厚漂亮的头，用我的颊
贴着你脸庞，让我们重温
我们苦寒温馨的闲暇时光

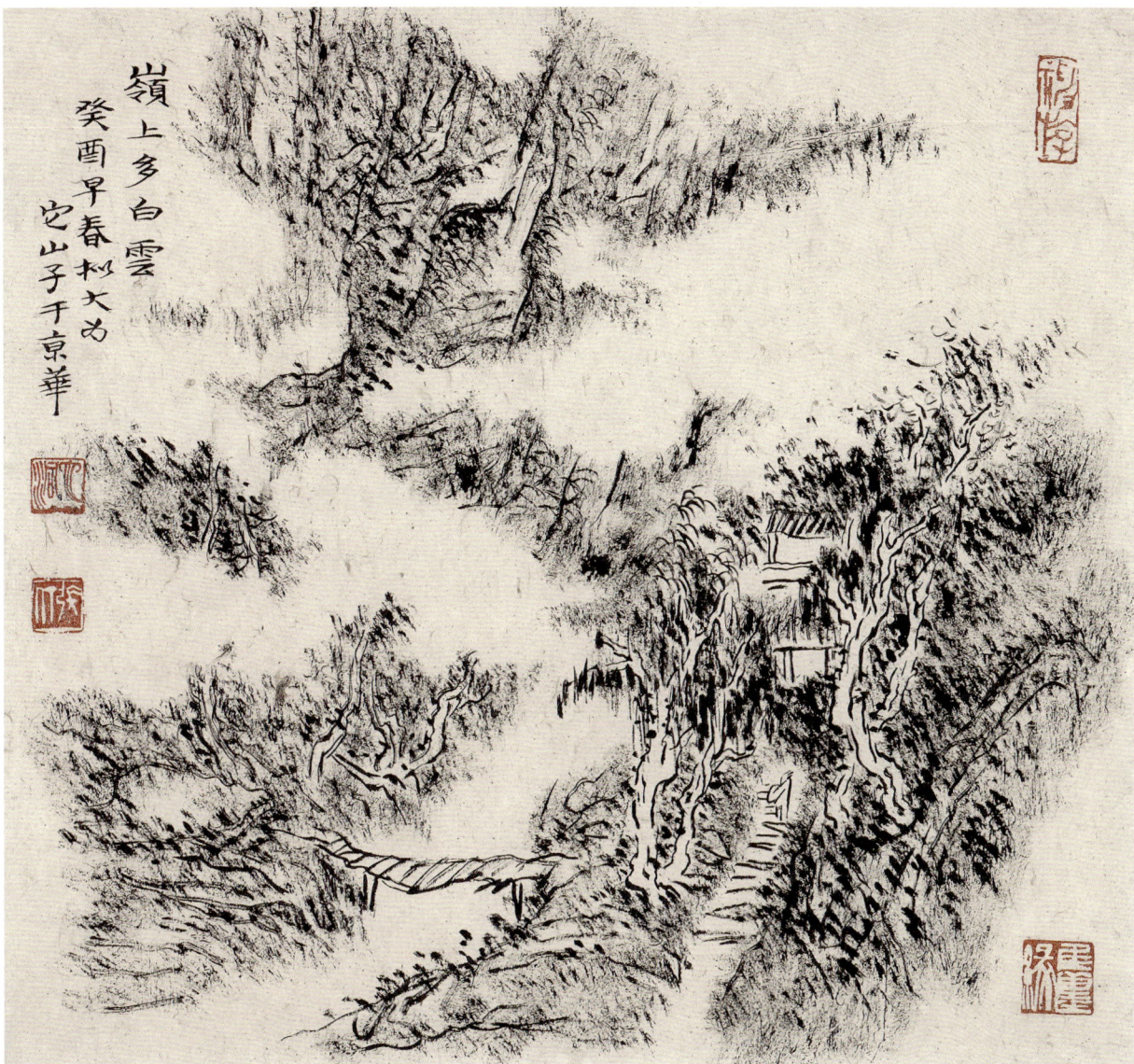

嶺上多白雲

癸酉早春擬大滌
它山子于京華

《岭上多白云》 1993 年

《清音》　1993 年

《似见黄山晴后雪》 1993 年

《往昔岁月》 1993 年

《渔歌》 1993 年

埠頭

九四年
元月
憶
寫
漓江小景
它山張仃

《埠头》 1994 年

163

《枫桥野渡》 1994 年

午夜闲步乔松林   2009 年

午夜闲步乔松林

聆听不远处流水清透
听风瑟瑟
听星星疾驰飞翔
听云才从时间飘出
又流进年光
满林松针密密层层
飘然出云轻移舞步
哪一尊神？
看她行过猎户人家屋顶
往松林头顶戴上一圈
银蓝色光环

鸟儿和人都已入梦

月神以清辉给大地爱的亲吻
像有什么心动神摇的事临近
许是神秘的森林之神的
心灵消息，神爱我们

好运驾到，予人这样一个夜
唯美，独处，哭泣
美，总叫人愁；风吹去的方向
白云、花香飘拂的远方，那儿
绿荫、野花簇拥，连年灾患过后
沉潜着古旧金属般遥远时光
那燕巢、檐影藏着我初始的梦

立在驿站桥上我回头一望

热泪如雨

家燕、家鸽、马匹、护家的狗
唉！也都见老了
一齐转过头朝更老迈的我呆望
老屋老院、老树老墙、大小
门窗、石阶陶瓷、马厩磨坊
处处相照相映，暗香依旧
仿若整卷册牧歌
窖藏陈年老酒
全套祖传名贵书画
内敛，自尊，默默看着世道

伤有多重痛有多深

2010 年 4 月
张仃先生逝世七十天

全能的神
你要召回灵魂
也该放他们一回
逢七清晨
幽深的森林那儿
有隐秘心曲神光也难照透
有游魂寻觅
恍惚着游移在密林
东望，望不到家园
西看，看不见亲人

正是那白发上黑色贝雷帽依旧
浅色大衣风中翻卷
一手把握剑阁藤手杖
另一手紧攥 S 形烟斗告诉我：
西岸九个月亮蓝色光束游曳
星辉波光，歌诗流亮
我跟他去看云上一簇山峰
月光蓝薄雾缓缓缭绕，梦里见过
一组少女笼着轻纱，梦幻，忧郁
神的灵韵为你这般挥洒

魂与灵归来映在影壁门窗
闪烁不安，潜隐着深远的记忆
杨花柳絮轻歌婆娑纷纷化作
半夏、鸢尾宝石蓝花瓣
漫天飞舞，悠然自在，不谙
天人永隔人心伤有多重，痛有多深
不谙世上人心栖止难觅
更有心意被偷换为相剋相背

1942 年，延安儿童艺术学园的孩子们在音乐课上练歌，指挥者（背影）是黄歌，右边
前排第二人有刘海者是灰娃

1942 年，延安儿童艺术学园的孩子们（圆牌右侧女孩儿是灰娃）

冲出自己心的壁垒何等不易，直须
穿越可怕的伟人可怕的血色的世纪

在月桂树花环中

2010 年 5 月
写于张仃先生逝世百日祭

你的生日我要栽些松柏

高耸入云，与一抹朝辉

辉映你超迈的风神

再植一丛腊梅

姿影文雅，香芬清贵

与你的陵碑为邻

宿命将你献予全程岁月

而今听着乌鹊闲话

听着柳莺唱歌

在月桂树花环中

你辉映钻石的光束

今年相思鸟初次北飞

头一声春礼一霎明艳

落寞的心惊悚了

想那些氤氲升华的日子

都入梦来，这葱茏的春夜

你读懂了月光摇曳，体悟了

笔墨宣纸相触的生命奥秘

我不能忘你深埋记忆

默然沉静的那双眼睛

命运的强大挑战严酷磨难

以人之向美、脆弱竟能挺住！

轻轻掀动一缕游云

把心赋予令人不安的墨韵

20世纪80年代初，张仃在燕山长城写生

1974年，张仃在香山樱桃沟写生

1984 年，为北京西直门地铁站绘制壁画（自左至右：赵卫、姜宝林、龙瑞、张仃、王镛、赵准旺、陈平）

向神靠拢

2010 年
写于张仃先生百日祭

升向星空路上
你显灵高山顶
夕阳朦胧着红晕
你以一团雾
包裹着我，一双闪翅的
蝴蝶在你的眼轻轻耀动
你拿酒的醇香敷在我心上
月桂树、菩提树就
在我们心间徐徐增长
我们的心依稀向神靠拢
又为温柔的风吹拂

我便跟随你去那浩渺处

但来年你会不会
到这梧桐树下
白杨用银色闪光反复扫着纤云
你听，就像拂着天国祈祷　那
忧郁渺茫奈何鸟儿、夜莺歌声
那石壁映着水车转呀转的
我化作美丽柔和的晨曦
笼住你，把光延展开去
你向我走近，一如过往
用你的额抵住我的

青春的花开花落再拾不起
一年年怀着梦的故事也随风飘散
情态言谈沉默叹息间隐约可见
更早先的余韵，枉负了伟人坚硬的心
世纪的梦怎样地把人心烧成灰

在光阴潺潺流逝中
听见疾风暴雨敲击土地的铁蹄声
听见过往云烟，听见世纪的惆怅不安
往后再没有钻出荆棘应春花开的好梦消息
而月桂、菩提青葱无际守望在天边
依稀我们灵魂的伊甸

《岭南渔家》 1994 年

《黃庭观》 1994 年

《天师洞》 1994 年

《雪夜寂静》 1994 年

《櫻桃沟废屋》 1994 年

上方山云水洞

京西房山
境内名勝
九四年盛夏
邀友浣二君
来此终日
归来因雨
秋凉后初
草成之
空山老人
于玉莘堂记

《上方山云水洞》 1994 年

《天坛古柏》 1994 年

柔光花影
——2011 年清明扫墓归来写

写于张仃先生逝世一周年
2014 年冬删改

柔光花影中享着慢时光
一杯龙井味不在茶水，味在
幽溪山林通达生命深秘的园心
待到日头回家收拾线缕
由尘世背面赶来，那亡灵在
月桂花环中辉映净水钻光束

天体广大无边缓缓旋转
树冠勾画出天际线委婉悠扬
星星疾速飘忽，月神清寂自在
它们向人间泼溅银色时光
还密议世上的事，为亡灵的慰藉
托付给清风细雨、鸣虫流莺

用天琴灵韵吻亡灵的心
用清凉泪水浇醒记忆
军号声！多么凄厉！
随后便停悬在半空
我听着树叶，听着寂静深处
听着生命延续的幽微动静

1996 年，张仃在山西长城遗址写生，打伞的是灰娃

1984 年，张仃在京郊云濛山

1996 年，张仃在嘉峪关

1987 年春，张仃在湖南凤凰县写生

189

记忆

最后的雁阵终将随风而去
最后的夏天也渐行渐远
最后的夏云漂泊流浪
谁知流浪何方？
最后的雁声摇曳未停
世上前尘迷茫
鸟儿也有途穷恸哭之困么？
正暗自思量，另有肝肠寸断之殇
我不安的心，神秘音信摇荡
我细听梦碎，亲历故园倾圮
哭得像个孩子
家园已被荒凉阴影席卷
只有永恒的夜唤醒往日的梦

思慕、祈愿延伸为爱的咏叹
解读人形形色色畸形陶醉
见识了十八级雾霾淘洗人心
可怜人们只好用段子慰藉
苦闷、创痛、忿懑、无望
无奈、迟钝，更有炫目的
媒体哺育的多数……
是不是再见不到
森林与神絮语　不见了
矢车菊花美得不可思议的蓝
风吹草丛悦耳低吟灵异幽深
月色中紫苜蓿倾诉，悄声细语
予人惝恍迷离

风之琴，水之韵
轮番宣叙、咏叹、变调

众神原初的馈赠还在不在？
仿佛听见雁啼血嘹呖
呼喊记忆的深渊；若没有了雁
没有步态闲雅、风姿贵气的鸟们
天鹅仙鹤声影，岂有万类栖息的
魅力与诗意！
我为每一个灵魂祈祷，心存感恩
这多梦时节，孤寂长夜
听漆黑旷野孤雁零落
难以为歌，调苦离声
声声总关情

20 世界 80 年代初，张仃在辽宁医巫闾山写生

1981 年春，张仃在桂林写生

1981 年春，张仃在桂林雨中写生

叹年华   2013 年 11 月 7 日

冷雨敲打窗外树叶，滴声不断
顷刻四周灰暗下来，心一惊
只呆立出神。似若昨日
蓝天上闪光的白云漂移像帆船
太阳照射野草温热芳香
长夏日午深广无边的静寂
让人忘却世界、忘却世事的静寂
片刻独享生之惆怅。那已成
万象流逝的见证
犹忆越过一汪涟漪忧郁的湖水
玄妙清远，还有钟声引往彼岸
深意悠悠，疗伤故园之痛
感应风雪后神魂还乡的回声
从黎明云淡风轻，到星星眨眼的
蓝色夜空，那神性之音了无踪影
谁悄悄偷走了难以言表的美？
唉，易逝的为什么总是美！

一抹晚霞缤纷亮丽
凌空缥缈六月淡紫的云
曾与明月一轮同听远近高低
鸟雀归巢相错相偕的重唱、轮唱
汇合风声、月光、吟诵的纺织娘
轰鸣交响，在山间回荡
听得人神魂颠倒
清晨降临，淡青色烟云
超凡脱俗的淡青轻盈飘忽
自对面山顶向湿绿的幽谷奔流
忽儿又缓慢浮动如幻似梦
对此远眺，只想永世这样站着

194

永生永世这样远眺，幻想……
窗外雨滴不停，蓦然醒悟
夏季已然飞逝，流光疾驰

花楸、忍冬细碎的金银色小花
路人不屑，只陶醉风中飘落的
玫瑰；小花守护山野墓地
以深度、持久风雨中送走年华
山坡弯路旁，草丛中山花数株
原先争相放蕊，鲜亮光彩
仿若教堂辉映圣像的玻璃彩绘
昨日的桃红、宝石蓝退去
今日的暗褐、灰白登场
过往娇艳的花冠无力垂吊着
疲倦无助，哀婉内敛；却原来
凋谢竟也如此华美、凄清
惹人眷恋，令人震撼
她那生、死竟也如此传奇
跟现时、现世无缘
与童话、神仙为伴
悄然摇落于一个霜风寒露夜晚

1992 年冬，张仃在延安写生

1996 年春，张仃在山西中条山写生　　　1996 年春，张仃在黄山写生

怎样感恩天地四季

　　　　　　　　　　　　　　　　　甲午（2014年）春

孩子，鸟儿展现歌喉试新声
不同音调、音色、多声部、多层次
各声部错落跳出独显风采
时而又浑然一体轰鸣流动
心魂融化，不知所以
那边树梢窜出高音灵亮
这边草丛浑厚老成低声呼应
气质迥异而又妥帖、均衡

我们该去挖白头翁、紫地丁了
它们长在后山坡，那白头翁
酒红长裙罩一层浅色透纱
仙客来一族，波西米亚风
紫地丁灵俏矜持，紫色长袍飘飘
凌波仙子，东方闺秀。孩子
在这万类生命怀里，人的灵魂通透
发出奇丽的神光

只须清水、日光，在我们窗台和
书案，它们立于原白色陶缸
花与窗外明月两相迎映
孩子你看，它们又在做梦：
梦见黑豹驮着乌鸦走夜路？
山泉涌流古琴空灵清幽？
做涧边一朵花，听风听雨
听松涛、流水，一片辽阔海空

我们去听峡谷回声，忘情呼喊
喊声向前波动，与远方
瀑布声碰撞，并拢，再荡远去到
另一山谷又往返几回，才渐次
弱下去归于沉寂。孩子，这时
峡谷说着细雨般隐微不清的
语音，它向谁细数亿万年深埋的
异事奇闻？我们满心收藏起
峡谷这许多无法解释的大神奇

二　樱桃树下　　　　　　　　　　　甲午（2014 年）立夏

坐在你的茅庵前樱桃树阴
喝茶，说话，用你的粗厚土陶碗
曾祖母留下，画有喜鹊登梅
碗心一个福字。我们安心地
茫然看着地平远方，让光阴
慢悠悠流。你在园子巡走
我想着戴银项圈的少年闰土
也是月光四射，瓜田里他用钢叉
向猹猛刺的飒爽英姿
不久，蝈蝈、知了喝饱了露水
将起劲儿唱，赞颂天地四季
日神玩他的魔方把戏，看似
春回，天增岁月人增寿；实则
无情岁月增中减，秋声添得
人憔悴。孩子，该怎样珍惜
新年份？珍惜当下？怎样珍惜
似增实减的生命旅程？又该怎样
感恩意味无穷的天地四季呢？

1994 年春，张仃在太行山写生

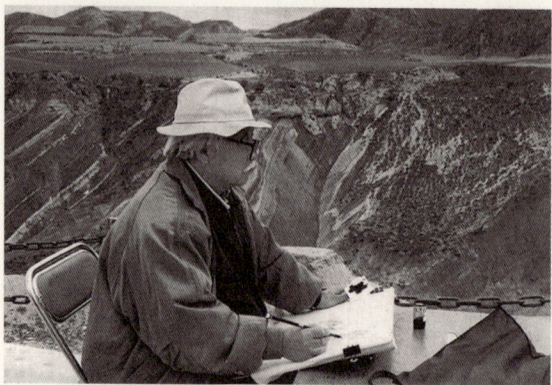

1994 年，张仃在宁夏须弥山写生

1993 年春，张仃在太行山写生

听风听雨

甲午秋分（2014 年）

今年秋天是屋檐上滴下来的
先是繁弦急管，紧张错杂
随后疏朗清晰，渐渐地去那
悠长巷子深处，一滴，一滴……
鹤鸣过了，剪秋萝也谢了
光阴跌宕，留下不知多少惋惜
谁又将铁马儿挂在檐头？
那清绝凄恻还有谁懂！

叮铃叮铃，曳着远处哭灵声
无论颠沛何方，今夜，银丝飘拂
生命之问你有没有？
柳梢敲击着窗棂，敲击着伤口
沁血的神经拿什么疗救？
玫瑰枯萎，琴已破碎
你有没有校正生命之轨？

原野上风浪卷起雨帘翻滚
云摇水摇，树摇花摇，草也摇
风神猛撞风铃，虫声儿驾着风颤悠
这样多精灵飞来梦边摇曳流韵
你道是哪一声、哪一韵最伤人？
铁血加玫瑰洗礼过的灵魂
爱与痛的迷惘，哪里去找
哪里去采疗伤的忘忧草？

落日残红，阵阵落叶纷纷
飘向水中映着的自己下坠
更何况昨夜风尘昨夜梦
今秋又听一夜雨

灵魂的泪水往深渊流

铁血玫瑰之梦变形失衡你知道你是谁?

这异样的荒诞如何应对?

萬古長青

陝北百里荒原，貧脊枯柏數萬株，古柏竟使欲滴在萬綠叢中掩映了中華人文始祖黃帝陵墓古柏而不卷，冥之中似有不盡之力焉。奇陵以古柏而幽。余曾數過橋陵寫古柏橋山青翠華陵九四年冬日農曆小雪后再寫橋山黃帝陵遼西宣山張仃于京華并記

《万古长青》 1994年

205

《湘西小镇》 1994 年

《晋中人家》 1995 年

集墨来表现中国北方的土地，山石和樹木時，有更得特的語言魅力，使之至精神氣質上比如墨更为接近，至蒼莽，剛勁，奇崛，硬朗的性格，造憫小鱼骨柔潤達如些燕，冬将幾呆无每一筆都表传达一種燕趙那郁的生命情調如竹苦茶那法。辛卯冬·鲁扯

《龙水梯》 1995 年

210

《黄龙庙小学》 1996 年

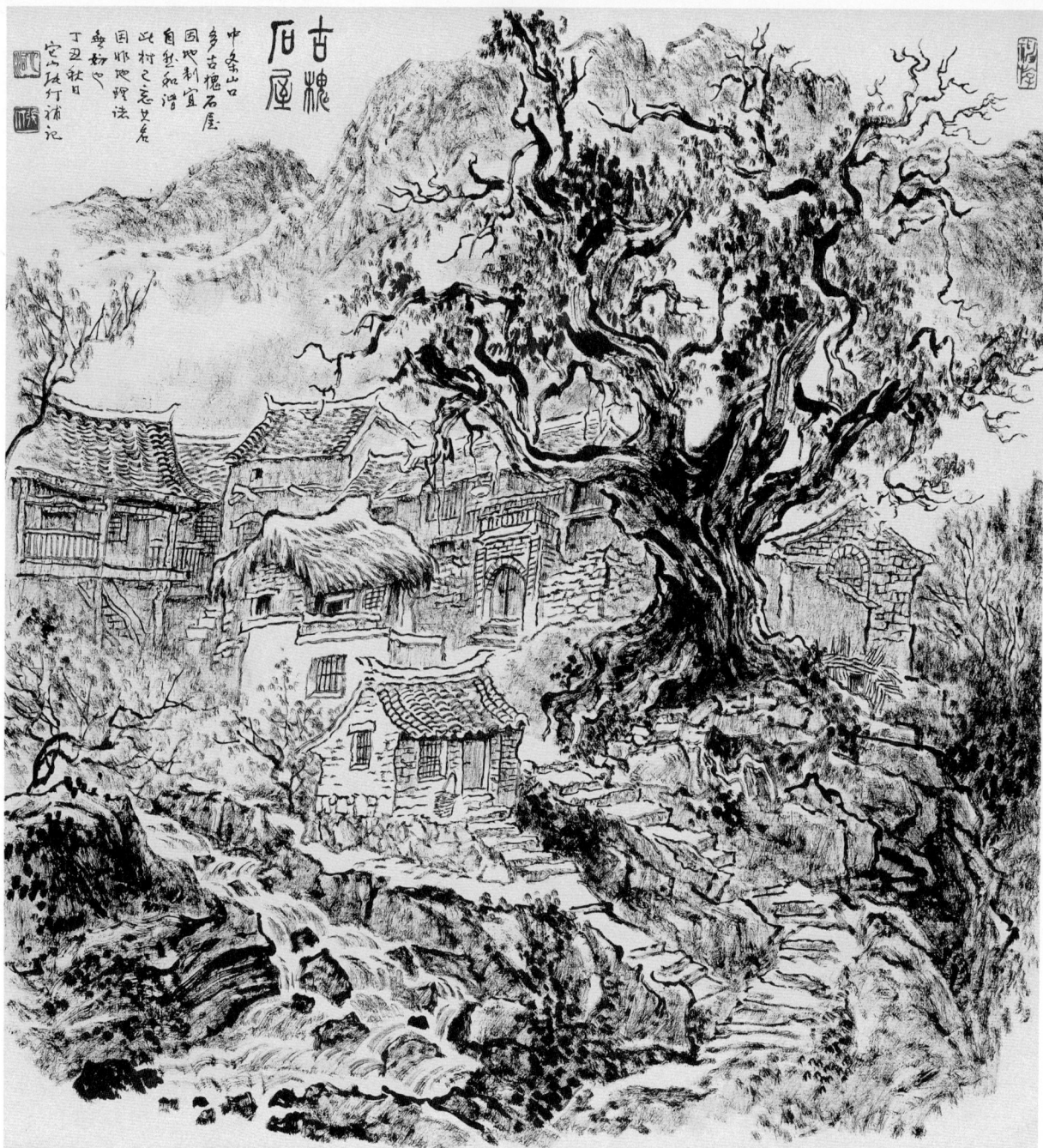

古槐
石屋

中条山口
多古槐石屋
因地利宜
自然和谐
此村之忘其名
因邯地理法
爱初也
丁丑秋日
宫山枝灯補记

《古槐石屋》 1996 年

这山里春夜子时沉寂深邃
子规的歌声闪亮不停
在幽暗里来去高低回荡不已
我们披衣起身临窗细听
想那乐曲的灵异已没人无从知晓
如今也随你逝去了
记得暮春月夜，山坡枝树杏花
漫飞飘洒，坠地悄无声息、
不由人一时无语，心暗然一况
一路上恍惚幽渺，似醒犹梦
胧、飞花回旋扑朔水春与花
小心翼翼暗示这一夜不就是那
少时 径自流转着千载的孤寂与索寞

缘起于傻傻地牵挂人，牵挂世界
堕入深渊却以为踏上圣途
朝圣的路曲折遥远，烽火铁血都穿越尽矣

那琐细无名的思念

是什么腾空飞翔，乡间大路上
皮革头箍镶嵌黄铜明扣
离弦的箭高昂着头冲开气流
她美颜额上鲜红缨穗起伏跳荡
飘扬招展颈项两侧，旗帜？火焰？
浓密，宽阔，舒长，飞扬激荡
雄性之美，英雄气概

思忆总牵惹暗殇，而我的怀想
次第展放花冠的一株玫瑰花树
更兼马儿一串儿铃铛绕颈
清音幽韵一路，一袭奇香氤氲升起
自云乡放射下来银色光线
亮了危崖险滩
还期许什么

或许隐秘天意，或许梦的应验
眼见伸开羽翼我的马儿它飞向
腊梅、幽兰香氛，微醺的我听着
天堂之音，伤感的平静一缕光照临
饱经惊骇的心才得安歇，不意我的马儿
一跃冲向星云故乡，玫瑰色火焰凌空燃烧
逆风前行，携带觉醒激情

许久许久以前
我的那些琐细的无名的思念
是久远的，经年的……

1992 年，张仃先生回延安，灰娃看自己曾经住过的窑洞

1989 年，灰娃与张仃在厦门写生时

1989 年，张仃在厦门海边

乡野风

甲午（2014年）大暑初稿
完成于阴历四月—七月

一身前朝装扮，古旧，尊严
砖墙、门窗、栋梁
兵灾离乱、风雨摧残
满屋陈年旧物及端午香药气味
微光幽暗中由门楣破裂处
斜射进来一束光，光束中
无数细粉、微尘倘伴抖颤
神龛中央，神位前旧铜香炉
三炷香三股青烟缭绕着
篆着缓缓上升，左转右弯
而后合并一气凌空消散

蓝色旧瓷瓶立着两枝残花
花瓣的胭脂色已衰退，想见当初
静静开在井栏，云霞、月光为伴
露珠辉映，散发醉人的芳香
神仙也唏嘘惊叹。如今已然憔悴
陷于沉思，别具劫后残损之魅
美遭摧折令冥思的心灵备受
侵袭；而美之完善又何其艰难
香炉两侧两支大蜡流着泪
主妇将其点燃，素心虔敬
细声唸些许愿与祈盼

烛光、香火、篆烟、神意
浸润人心敬畏，悲悯
抬头却见置于屋梁，竟是干透的
稼禾：芝麻一捆、茴香一捆
云豆一捆。主人特为来年存留的
优质良种，连年地用心

反复拣选，力求颗粒饱满
口感柔顺醇厚。岂是偶然！
亿万农夫、农妇世世代代咽下
无尽的心酸，全体人生存之
精致、尊严与前进的原点

这会儿时不时出自屋角
断断续续蛐蛐儿几声鸣叫
冲破乡野亘古的寂寥
谁家媳妇的银钗挂上蓝天？
微启着梦似的笑靥；透过
窗前微弱光影交织着忍冬枝叶
点、线应在其位，布局得其要领
一幅炭笔素描影映在窗
一天的辛劳结束，自家祖传庭院
随一声长叹坐下来，静听村外
流水拍岸碰碎散飞之妙音

半晌歇息，人也有些迷醉恍惚
心灵的神龛贮藏起菀豆花、
牵牛花、葫芦花、丝瓜花、枣花
楝花、椴花、合欢花、榴花、
槐花……含着丝丝悠悠的
惆怅的幽馨……
花信风从这无边的乡野
二十四番都刮过
纷繁世事来去不绝
哀鬼、冤魂孤零风尘
仙、灵、精、怪魅影飘曳

不定何时报复谁的招惹
也布施些不足道的好运
乡野的丝丝缕缕点点滴滴

1977 年，灰娃在家中

1977 年，灰娃在家中

1979 年，灰娃在北京家中   1979 年，灰娃在北京家中

通过每个生命的细流幽秘渗透
它那天真的梦撕碎了不知
多少人的心。请敛起笑意
听，听乡野辛酸的呜咽
隐忍的叹气，沉重的喘息
负载着天、地、人旷代之殇
浸涵着创世的美低低回荡
无声流转……

灵魂祷告声漫空飘忽

隐隐约约漫空飘忽
带着乡野风徘徊流转
曲尽农人世代的艰辛悲苦，
农人的渺茫和焦虑丝丝缕缕
时而似雨声滴树，潇潇漫洒
时而在大气中滑行浮游
不是音符起落延长，是灵魂
灵魂祷告的音乐漫空飘忽

无论桃花流水，秋容恬淡
还是风停日午，明月高悬
时或听见若有若无灵魂哭泣声
紫苜蓿花开，麦苗儿返青
灵魂祷告的曲子迎着田野升腾的
地气盘桓在磨坊、马厩
庭院、井畔，带着希望
涵着不测，把农人的心悬起

麦浪与夏云齐飞
灵魂祷告声伴着
乌云大笑，滚动狂奔；农人
齐心合力抢收，怎能胜过天意？！
一年的指望落空。毫不眷顾
滔天巨浪将农人翻到悬崖绝壁
飘忽的灵魂的祷告
细细响着，揉搓农人的心

雪亮的云应答爽朗的笑
谷子入仓，石磨、石碾在磨坊
日夜转着。忽一日夜半

1985 年，灰娃陪张仃在山东写生

1987 年，灰娃陪张仃在北京香山写生

1992 年，赴太行山写生时，张仃与灰娃在河南黄河故道

一队士兵荷枪实弹闯进村庄
抓去齐家独子，拉走谢家兄弟
那一夜无人入睡，哭到天明
后几日全村冷寂，听不见人声
灵魂祷告的音乐似断还连

从农人心里抽出愁绪丝丝缕缕
漫空游曳回旋。听着仿佛
让人诉出心中压抑的琐细的
苦与乐、爱与忧、怨与愁
多少代已把这些氤氲成四季的
滋味与情调：艰涩，寂寥
却庄重，绵长，像井畔、河沿
野薄荷辛甘清冽的味道

农人依仗这情调抵御
烦难、邪魔与离乱，世代
的苦与乐、爱与忧、怨与愁
回味醇厚，酿成日常时光
醇美似酒，似春风细雨
入心牵魂。芳草年年绿
生于忧患，长于离乱
聚合离散寻常事

梦，又是怎样跨海、翻越
巨型蓝钻石透明的冰山
飘落一汪水泉
映漾着灵魂祷告的曲调
回环流转。甜蜜、宽心奇缺
辛劳、灾患日日年年循环不断
世代亿万农人终生漠然面对
我深深深深低下了头……

我怎样致敬这不死的精灵

甲午（2014 年）谷雨

春雨开始落下来，南风把
久违了的湿草、湿土气息
吹向开满花的樱桃园
透过雨帘，乌黑苍劲的树干
撑起鲜绿、水灵的密叶
和精神、挺拔的白色花
生命在孕育之后，正悄悄生长
果实、子粒都在紧张地
灌浆充实自己

春风春雨送来新一年的喜气
奔跑在披满报春花、风铃草
的山坡，心灵的双翼无声飞起
好多树高举鸟儿在风里摆动
在影里晃摇。护园的孩子
不要让鸟儿提防你的弹弓
鸟鸣新声报春信
你要领它去水边消渴、歇息
你不知道，有一年花信风狂吹

乱了秋霜春露、晨钟暮鼓
遵从神明启示，鸟儿提醒人：
别忘了打理灵魂
别走得太快，等一等灵魂
鸟儿有神性，是神的信使
从不倦怠的翅膀，天使的歌喉
一面从雨帘往复穿梭
一面呼喊春消息
把远古时序、农事诗宣示：

1996 年，灰娃在北京西山家中

1987 年，灰娃在北京香山

1998 年，灰娃在北京西山家中

1998 年，灰娃在北京西山家中露台上

阿公阿婆！割麦插禾！
阿公阿婆！割麦插禾！
收麦布谷！收麦布谷！
收麦布谷！收麦布谷！
歌喉圆润，明亮沉稳
音质透明，似银色水流
儿童唱赞美诗一样清纯
着神的期许
殷殷深情，听得人心疼

听，一声一声不停不歇
那样执着，那样急切
莫非要叫到咯血！
听着让人断肠！
拂晓前月儿已沉到山后去了
漆黑夜空，子规往返飞翔呼喊
惊起无眠者，也把梦中人唤醒
自打天地起始，子规就是如此
我怎样致敬这不死的精灵！

那早起的知更鸟边唱边飞
时而欢快时而惆怅
用清丽或沉静的嗓音
我手握一把缀满露珠的
青草，草清气、知更的歌喉
把云天深处翻倒了酒杯，
好年份的陈酒向大地倾注
风拨动千百样天籁，赞美
百里香、蒲公英芬芳的原野

向河山致敬，向人性智慧
问安，向橄榄花冠祝福
在紫丁香色的晨曦中
我手握带泥土的青草
若有所思、忽涌感恩
花涛灵性，仿佛丁香花瓣
融化心中，想着与神和解
寻思梦幻怎地会让人失去
诗意悠远的家园？莫非违逆

神、人共创的物了？日夜惊慌又
彼此提防！早先分明那梦境
虹门，七彩鲜花向人们招
都怎地门里一堆、尸骨瓦砾
又蛆虫爬遍地，如今我
血管流的是惊与尴尬的
脉动，白日里心痛
暗夜梦着悲哀与怕的激情

神意？指着殿宇谎称为幸福
神冠冕着恶徒，心里要放飞
换取酒肉又彼此幽，早先，梦境红门
七彩鲜花招手，怎地门里头
尸骨、瓦砾、蛆虫中爬遍地！
如今我血管流的是惊恐、
尴尬的脉动、白日里心痛
暗夜梦着悲哀与怕的激情

潭柘寺門外一角

丙子年
夏日陰雨
試以点法
寫京郊小景
宿山琺竹卉㘵

《潭柘寺门外一角》 1996 年

《秋风》　1996 年

秋風

丙子秋日
晨謀

《武陵源天桥》 1996 年

昔年自天水伏羲
廟歸来曾連寫二幅
此為初稿也
丁丑中秋后補記
宕山张行于京華

羲皇
故里

《羲皇故里》 1996 年

重归旧檐下（两首）

2019 年 11 月

2009 年张仃先生病危抢救，2010 年 2 月逝世，
2009 年 10 月至 2014 年我抑郁症复发，时时想着
自己已离世远去，偶归所见所思。

一

风吹霜打我那　旧屋檐
这春花飘舞的农历三月
有燕依旧归来
在檐影幽暗里穿梭
辛勤鸣叫呼唤人归
一阵黄昏雨鸢尾的紫色花

从石缝也应时吐露芬芳
满庭芳菲春意终将落幕
这故园前世的回声哪里藏匿？
旧日朋友喧笑何处找寻？
是不是随落英一片片寂寞地
游移在门槛窗扉？

不期然自那棵青桐树叶丛
一串笛声清澈剔透，又重归
寂灭虚静，只听光阴倏倏
谁在操控尘世欲望竞相冲天
树丛余光里悄声细语那桩
要想遗忘却不容易的事

苦味蚀心担惊忍痛
以原本脆弱的人之心负重担当
匍匐姿势保持呼吸，内里
酝酿尊严之光泣鬼神的力量
变灵魂深不可测的煎熬为
思索的、寻找的、超越的

1995 年 4 月，五进太行，去郭亮村途中

1992 年，在北京远郊金山岭长城写生，路边休息时（左起：灰娃、张仃、孙女关关）

1993 年，灰娃与孙女关关随张仃在宁夏写生

我渴望知道天岸后面有些什么
无奈时辰已到，神心中有数
草、花、树、鸟姿影轻颤
一枝一叶难过莫名，似梦遊我
怅然转身，又频频回首
一种巨大的失落……

2012 年 4 月写
2014 年冬删改

二

采摘蓝色应春去哪座斜坡
何处领略蓊翳阴凉
我们曾一同坐在花畦石阶
傍着摇曳微风的丁香梧桐
让心绪在阴翳里漫游
读书、喝茶、说话露台铁栏花影下
不觉间一抹流霞飞来额上
月色泼满湖面、蔷薇花丛，布谷声声入梦
梦着对天地人诗意悠悠的眷念与爱

静谧、柔美的下午，我们常忘却时光
环绕铸铁篱栅蓝色的风极致缠绵
异样芬馨玄昧渺然，许是神亲吻过
玫红透着淡紫，庄重经典的秘色灵芬
让心歇息在静谧、流云、鸟鸣、山林、
流泉、芳草、湖畔和盛开紫色的鸢尾花丛
为大智大慧神思奇魅沉醉
更何况安详、冥想渗透身心也渗透光阴
最是愿望不过 人世忘了我

跨过泉水青草，头上枝叶喧响的树丛

步伐利索，含着冒烟的大烟斗
发、髭雪亮，环身月晕辉光
潜质灵命，钟声忧伤萦绕不肯离去
属灵性命遭逢蛇蝎撕咬地狱锻铸
依缘美善人性、血肉之躯竟能相挺
血脉里涌动着葡萄美酒和太阳光流
这灵魂梵境满载往事与伤怀
思疑者、不目者、梦游者、异端者、爱思者才懂

1993 年，张仃与灰娃

2002 年农历五月十九日，张仃生日

1991年，灰娃为张仃故乡辽宁省北镇市画会作品展签到

1995年，中国民间艺术研究会年会在湘西凤凰山召开，张仃与灰娃在江苗寨
与苗族新婚夫妻合影

哭什么

造化以月色、神灵、上古传说
叩访我朦胧迷茫的寂寞
我最初的祈祷，在远方圣山回荡
星星往来穿梭，子时便热烈燃烧
深邃湛蓝，永夜的魔幻
不由人时时惊悸，夜夜战栗
异乡苍穹下侧耳听自己心跳
神已临近，不觉间涵泳于
广漠空明，回归梦的故乡
尘世曾以诗、酒、花的隐秘气息
神迷我的烂漫，酿成我的光阴
日子如梦，人世无虑无忧

却说我娇柔的嫩羽触碰狡黠的铁翼
岂止一回，我的心被烧成灰烬
白花累累的梅李树林，谁砍去了？
故园挂满蛛丝；晨露闪射冷意
往昔井底木桶击水的清亮声音
聆听屋顶、山野春与爱新的呼喊
守岁的古老之夜，烛火通宵
愁绪、闲暇也美似光影，零乱恍惚
门外落花整夜轻轻飘洒
惹人乡愁难耐，况此风雨季节
这多事年份，又逢天涯沦落人
天边淡淡的蓝烟里，谁还飘泊不归？

美，总叫人愁！
乏爱的人世，因灵魂追问而殒命
魂飞化作辰星，亲吻着蔚蓝的永恒
洞悉尘世冰冷，愿燃尽自身，血气英灵

随海浪波动，洁白的莲花尽展风华
更有深谙忧患，痛惜由人后退坠落
苦涩的灵魂，为孩子生命之花绽放
以美与爱的名义深究生命精神
那断肠人在天涯又种了什么花？
他缅怀何人，记起何事而隐忍？
压低的额发下有晶莹泪花
其诗意人生由自省、孤单行走谱就

你是否在意人类的心灵奇迹？
什么人擦去你的灵魂记忆？
旧宫墙飞霞染红，老旧情调依旧
鸽子和儿童遥想破晓前，天使掩映
众星座吟诵声在夜空流动；可谁料
满城花谢！就在那撩人的孟夏之夜
牵挂的眼神，思念的伤恸
晚钟自深谷悠长声声传送寂静
坐在茅舍门坎我掩面哭泣
哭什么？哭的是人！
备受煎熬屡遭挫败困窘的
总是美，总是善，总是高贵！

失落了心的故园无以祭奠
咬牙隐忍灵魂的磨难
大雁彻夜跋涉飞行
梨花风起飘满空
一路倥偬，我已站在终端门前
我屋瓦上空天琴座正在划过
我将随那一簇银色火焰
去我命定的远岸
无论艰难失却自信，还是梦被偷换
这人世的好，抑或不好
我总寻思回赠：一枝含笑的玫瑰
一束幽兰垂着泪益发清媚

2008 年冬，灰娃协助张仃工作

2008 年冬，灰娃协助张仃工作

张仃先生 90 诞辰

2008 年冬，张仃在家中

墓园

2014 年写
2019 年改

霜雪鬓、发纷披两颊，活脱前朝遗族
繁密高耸，大片松柏森森，阴翳掩映
近边的磨坊、溪水；而我只想盗取你
苍青色梦的美丽，苍青的清晓，苍青的夜
声如涛，色似玉，君子心绪
枝叶郁郁葱葱，护佑着神鹰、喜鹊、乌鸦、百灵
画眉、夜莺、林鸽、云雀……昆虫无数；那个
养鸽者时或来此幽箫一曲唤归他的爱鸟
弯曲小径穿插来去，尽头树枝低垂
呵护安睡着的一个百日咳夭折的小生命

也有正当华年弃绝人寰
是非闲言果真索取人命不含糊，咽下
灿烂的，升华一朵蓝色睡莲迷离闪烁
苦命的花若存世，能否熄了怒火
好在丈夫、儿女为她坟茔种下三棵
梦幻百合，好与她清净姣好的灵魂
两相辉映，昔时那一缕幽灵
已然飘渺穿梭于尘世烟雨，时而由安寝
透出丝丝幽芬曳着梦的旖旎，百合盛放
丈夫、儿女会见到她回望的眼泪迷离

王朝兴衰　人命存亡　浮尘起落
毁于战乱匪患，残缺着散乱在野草花中
石人石兽布满苔藓；这儿长眠着大家族
领袖、家长，他们拥着奢华衣被
头垫玉枕，安寝在名贵棺椁、锦辉寝宫
坟头石碑以颂歌奏响他们的
姓名、学养以及方圆数十百里
他们的功德、义举，把乡俚乡梓留在了身后

家园颓废，香火寥落，天意却让
大地越发丰满、浓郁、蓬勃

这广大沉郁之境坟头多到数不过来
香火碎屑在世上烟尘里穿梭
飘落在永恒的寂寞
落日炙烤着亡灵的烦闷
十四岁被从了军伍，初上火线倒下
就再没起来，老寡妇过世后托梦
小小孤魂千里归来：哪座坟是我的？
我的魂归去何处？望穿每一寸黄土
莫名的恨向谁抛掷？一个电闪雷鸣的夜里
他向天喊出：天！你崩塌了吧！

柔情，忧郁，晚霞在天涯向八方铺展
日头芒线金光缕缕射进这古意深深的森林
鬼魅打听归路在阴间秘境
仙、灵、精、怪任意游荡出入
鬼灵慧黠，一面浅吟低唱
一面出入农舍、学堂、马厩、磨坊
并无恶意；猫头鹰可不然
星星月亮忙于泼撒银色时光
阴影也没闲着，到处绘制自己
鬼、怪、精、灵与人往来一同

日后谁若走进这乡间墓园
这浑身古旧名贵，十足的老遗族
在寅夜，在这梦幻里
盛放着雪梨花、李花的美丽
是什妖声邪笑突起
冲破深夜死一般的沉寂？
是猫头鹰，猫头鹰嘲讽人受苦没有尽头
直通坟墓；倒也不失为生活添些麻辣辛味

1993 年，在北京西郊写生，返程途中稍事休息（左起：灰娃、张仃、
孙女关关）

1993 年，在宁夏写生时（左起：张仃、
灰娃、孙女关关）

1993 年，张仃在宁夏写生时，在大草原

1993 年，张仃在宁夏写生时，在裕固族帐篷中

可它哪会知晓农人有自己的保护神
良心辐射善的光芒，有伤感却相依隽永
向神许下美善的共鸣，收获到某些启示与觉醒

大朵大朵枝叶沉甸垂垂
狂风吹它不动，不屑表演表情
落英、蝴蝶共舞，飞过去飞过来，无虑也无忧
鸟队从月蓝色雾气平行穿过
像风吹送樯帆的平衡稳妥
朋友，祝愿你日后走到这乡间墓园
又恰逢春夜，万类萌生，月色空明
银色的夜　梨花的夜
灵异之夜　梦幻之夜
天琴之神纤指从琴弦滚抚……

今年的秋天是由我屋檐
瓦当上滴下来的 哀鸿
夜深了，惜春梦也醒；
疏疏，清晰，一滴，一滴
滴声远了，远了，去

呼醒那悠长的巷子深处？
谁又将铁马儿挂上檐头？
那清绝凄恻没有人知晓！

叮玲叮玲，凄苦的阴影隐之
永萦心上，无论颠沛何方
曾化坚稚与秋之摇荡 今夜
叮玲叮玲凄凉的阴影
又添远方萧萧幽明，又萦心上
叮玲叮玲凄凉的阴影
又乘幽咽筝音
叮玲叮玲凄凉的阴影 永萦心上
无论颠沛何方。今夜 银丝愚风拂

生命 之间，你有没有？
柳梢敲击着窗棂，敲出旧日旧伤口
铁血加玫瑰之梦变形而
异态，失衡，血痕，隐忍、
告诉我这一种荒诞怎样回归？

落照 余辉，阵阵落叶纷纷
飘间映着的水中 自己下坠
更何况昨夜风尘昨夜梦
今秋初听一夜雨
灵魂的姐水往深渊流
玫瑰枯萎，琴已破碎
你知道你是谁？
你有没有校正生命之轨？
心栖是荒境或吟诵
犹是哪声哪韵最佳人？

一身前朝装扮古旧，尊严 今年秋天是从我屋檐
砖墙、门窗、栋梁屡经 瓦当上滴下来的
兵灾离乱、风雨摧残 清晰，一滴，一滴
满屋陈年旧物及端午香药气 滴声远了，隐，地去
微光幽暗中由门楣破裂 呼醒悠长的巷子深处
斜射进来一束光，光束中 谁又将屋瓦儿挂上檐头
无数细粉、微尘偏倚抖 那清绝凄凉没有人知晓
神龛中央神位前旧铜香 叮玲叮玲凄凉的阴影
三柱香三股青烟缭绕着 无论颠沛何方今夜风凄缭
篆着缓缓上升，左转右弯 柳梢敲击窗棂敲出旧
而后合并一气凌空消散 生命感 问，你有没有？

兰色旧瓷瓶立着两枝残花 杨梢出击
胭脂色已衰褪，想见当初
静静开在井栏，云霞月光为伴 芬芳没慌
露珠辉映，散发醉人的 芬芳 哀哭往昔
神仙也唏嘘惊叹，如今已然憔悴 的误
陷于沉思，别具劫后残损之魅
美遭摧折，令冥思心灵倍受 误
侵袭，而美之完善又何其艰难
香炉两侧两支大蜡流着泪 花哭 凄讲之声
主妇将其点燃，素心虔敬
细声吟些许愿，祈盼
往生远 遏止
烛光、香失、篆烟、神意 梁 哭
浸润人心、散畏、悲恼
抬头却见置于屋竟是干透的 远处哭声永

《坐岩口晨光》 1996 年

圣岩屯晨雾

圣岩口在晋东南
左权县境为抗日
老根据地当年窑氏
同心协力度过艰苦
岁月九六年初夏过此
为钢铁铁壁气象所驚
又见山庄对山造林狼田富牧
温饱有望遂对景写生
太行山战歌又迴蕩心頭
歸来后于盘夏成之
宣山翁打于京華并记

263

《渔岛石屋》 1996 年

《古槐》 1997 年

《榕阴泊舟》 1997 年

光阴催人，昼夜兼程⑧
一路跌宕，我们…
已站在彼岸门口
最难忘你时而慨然：
"艺术，谈何容易！
爱，又何其难！"
这就实，

我多想再搀扶你⑨
往工作室走去，另只手
端着你的老花镜、烟斗
你的臂膀紧紧夹住我手
生怕我抽走、儿童一样
担心大人离去，唉
这一桩桩 道不尽
不舍昼夜

已然永刻心间，
随风水清氛 漫洒弥散
听 神界的钟声响了
你 去北人世此岸 安乐禀告吗？
既然那 得明净绝徐
可会洗清世上的委屈冤情？

烟清苍茫，高山流水

这里有两株芦苇
两株芦苇有两颗

蓝

为纪念张仃先生逝世五周年

童话 大鸟窝

——纪念张仃先生逝世五周年 灰娃

1. A

仃兄,生命的幽玄
能否参□悟
神光能不能照透
何以灵魂彼此相融
似氢氧籥合而为清流
哪尊神收去你婴儿的笑
还有你憨□味深的谈吐 （批）
难道□不能让我们再次
□露台绿荫下
任自己沉醉于

马蒂斯匀衡、明朗的调子
惠特曼起伏延展的海洋气概
品味那些绕着衷曲的心,静听
稀世灵魂吟咏、唤唱、控诉
□远幻境迷离人
我们灵魂的敬意灵魂的叹息
□□向着敢大声喟哭
无质徒勇于呼救我□
□□□□精致的人
□□□□□□的内容
□重心的纹路总指引
人性智慧的美与灯□

携带森林的喧响

携带森林的喧响
一环一环掀波涌浪
大铜钟响了，为谁而鸣？
谁摇醒了百年远梦？
轰鸣的余波一环一环延展
时而悠远，时而雄辩
密藏几世秘事
触痛了爱与美的创伤
仿佛跟随先人重回故里
那架古老水车还在转
井水撞激出清亮好听的音响
立时泪水模糊了眼睛

一种锥心的思念
流年无始也无终
老式壁钟依旧滴答不停
回声连绵成一曲蓝调唤起
这忧患之思以及
爱与美的祭奠缘由：
星云旋涡流转不息

星星闪闪点点
星空永恒
受难亡灵之灯千秋
落坠地悄然无声

1990 年，赴甘肃写生，张仃与灰娃参观敦煌

1990 年，在北京炎黄艺术馆参加张光宇遗作展剪彩仪式

2005 年，捐赠仪式，张仃向故宫博物院捐赠十幅焦墨山水画作品

2009 年，张仃在家最后一次过生日

2005 年，张仃、灰娃在北京西山家中

童话 大鸟窝　　　　　　　　　　　　　　2014 年冬定稿

——张仃先生逝世五周年

我知道你高且宽的额寻思些什么
逢人夸你，你腼腆一丝笑
泄了隐在胸臆儿童的害羞
你一脸难为情，倒仿若亏欠他什么
神的启示神的旨意
于你肺腑隐埋孰疚禀赋
天意深植你一副恻隐敏感之灵性
神把自己性灵附身予你
赐你这等幽玄秘事，人不可会意
哎，善美尊贵早已皆属负面革除之类

月桂树橄榄树菩提树被砍以前
我们满心一弯新月伴着
满天大星星纵横穿梭回环旋转
风、水之琴反复奏鸣，如诗如梦
如今神已离去，可怜人世无数生命
为偶像而死价值何有
神赋予你这秘事天意
今夕又容身何处？
这黯夜到哪里去栖息？
暮春月夜，山坡树树杏花漫飞飘洒
落地悄无声息，不由人
一时无语，黯然屏气
一路上似醒犹梦，幽渺恍惚
月色、飞花回旋扑朔
春气、落英、四周一切
都小心翼翼暗示这一夜
不就是那岁时径自流转着

千载的孤寂与索寞?!

唯有鲁迅你一生心仪
以一辈子心血思索求解这位
大思想者、大爱的巨人
钟情钟美人性价值的呼号者
没有谁能测出鲁迅在你心里
有多重，有多深
你以艰涩笔墨提纯你苦辣深挚的心事
沉郁顿挫，书写你的孤独寂寞
我们品味古今那些绕着衷曲的心
静听心的吟咏心的哽咽、控诉
我们灵魂的敬意、灵魂的叹息
永远向着：
敢大声嚎哭的人
勇于置疑、勇于呼救的人
突破意念重围自救的人
以沉思的最亮音释梦解梦的人
怒指俘获灵魂为业者，无奈而
纺织微词妙语予以笑刺的慧心者
持守仪态文雅、情致卓越的人

这儿是家
是安顿心的角落
这里心的纹路只指证
人性智慧的美与灯

2008 年，张仃在北京西山家中写书法

2008 年，张仃在北京西山家中看书

2000 年，张仃在山东临沂参加中国工艺美术年会后，返京途中

1998 年，张仃观看青年人作画

猎户星芒线为谁穿透云层 2015 年

猎户星芒线为谁穿透云层
在夜空划出美的弧线
通往大地的心
探究生命细密沟壑
机巧阴暗，洞府幽深
英雄气质不朽的寂寞
爱与美的厄运
梦的埋葬，人性颠簸
统统掩映在时钟滴答中
今夜，猎户星射出一束束光
自无限遥远，摇曳斜射下来
好似绽放生命的雪冠银杉
随风烁亮，银光闪闪
与树冠一起摇风我的心

跟白鸽翻飞回旋
与孤寂的风雪行人同在
猎户星光波摇荡
仿佛梦的觉醒
浸透了腊梅、兰的幽馨
细腻敏感，清氛袭人

仿佛对过往自己的反叛
仿佛灵性生长的呼喊
爱的触须伸向生命脉气
为之惊颤，为之着迷
为之悲凉，为之冥想
趁年华
尚未被脚下世态耗尽
尚未随季风飘落天涯

绿天堂

还以为
重又传来泉水响动、水车声
燕子也回到我们檐影
佛见笑就会发芽
这会儿可倒好，又当何处去
我们向往的梦被埋葬之后？

别再哭，谁说爱与痛能分手
来吧，带我去有丁香玫瑰
梧桐、山毛榉幽深浓荫絮语窸窣
松涛柏浪起伏里鸟鸣闪烁
涌泉河流依山势荡波
日夜重复着农人、土地沧桑哀歌
银色迷离夜，梦之夜

流萤集结忙活，小蓝星星
小小精灵们反复拂过我眼影
我呢，坐在月神梦里飘过来荡过去
我最初的梦，我依然爱
我的星辰，照临我第一束光
唤醒我的牵挂，我的眷恋
我的爱与痛，我的怕与惊……

1990 年，张仃在北京红庙家中

1992 年，张仃在北京西山家中露台上

2002 年，张仃休息中

童年的梦是钻石做的

2018 年 11 月

傍晚山中亮色短暂，含情脉脉
人心也念起无常之曲
薄暮落下无声无息，云流着
处处一层薄纱轻笼
群鸦也飘然飞来
落在树顶收翅入梦了
一串遥远琴键跳浪溅波
一弯月牙儿娇媚爱意缭绕，光环花枝摇曳多姿
惹动盛开紫花的丁香树婆娑呼应

坐在河谷如临天堂，放眼望去
远处峰峦雾霭云烟环绕，若有神在
山风由远处不断吹来，轻摇着它的温存
撒起欢来，满山满谷青草野花随风翻涌
升起来，降下去，一个个风浪草中滚动
韵律之美在我心上连续
山风也掀起我的翅膀
溪水流花行在我心上
这蓝色的夜，明月入怀

至美至善的神，我有断肠的委屈与羞耻
人们一意羞辱我不谙世故的心
终被造就为异类，成为自己的地狱
被反复锻铸为陀螺一枚加速旋转
不谙世故的我，伶仃生命只盼一些安宁
艰辛无望，跋涉途上布满忧患挣扎
也曾以超凡耐力抵抗，且交锋且思量，悄悄
积累日常的、庄严的真挚，宁静，诗意，隽永
以对抗不可一世的市侩、江湖

我闻见往昔暗香芬芳，挽歌四面响着
天意以美引领我向神靠拢
神给我以人性心向，从而看取
生命的耻辱与困境，我以灵魂回报神
灵魂叹息时，灵魂呜咽时，我
像个孩子，由着天意使然——
灵魂的诗意闪烁，逢见生命光波荡漾
遇见由林涛海浪里飞升的自己
融于神的梵境，神秘空灵

月光也慢慢斜了
流萤洒下些睡意
一个幽灵以一枝秋水仙
将我的眼影染作星辰蓝
只是
谁能筑起一座灵魂修为的圣殿
谁又能为我的心种下菩提、月桂、香柏树
不是至美至善的神又能是谁呢
听，你听
众神已经举起了酒杯

1997 年秋，张仃与灰娃在深圳画展工作中

1986 年秋，张仃在泰山玉皇山顶写生，后立者为灰娃

2008 年门头沟画室，张仃、灰娃琴瑟和鸣

1989 年，张仃与灰娃在厦门海边

1986 年，张仃与灰娃

1986 年，张仃与灰娃在山东工艺美院

丁香丛里的疯人

初夏一丝儿清和
大榉树下独坐，暮色渐浓
幽细纤弱孤伶一声虫鸣
人的意绪也如烟似雾
像思念一位亲人，我思念一方水与土
那儿森林、山川、湖河、云烟
在蓝色月光里闪烁
轻唱着无数歌谣，藏匿有
成千百的人、鬼、神之纠葛
而当山洪咆哮，吞吐天、地、人
悉数忧戚痛苦，星辰之乡彩云潆洄
想着出发去消散爱的疼痛之旅

柠檬花开溢香幽谷
白桦林、白杨林低微响声中
这一年清和季降落这里
整座整座山峦繁密高耸着老松林、橡树
处处林梢蓝色烟霭缓慢旋绕
一似灵异，又如幻影，那密林幽境
什么鸟儿低沉轻柔而醉人的歌
总是带有山林之神的忧伤，听着
叫人一吐心中愁绪，又似岁月深处
回忆思念的缱绻柔情，今夕
劳累困顿的心安歇在白杨梢头鸟窝
橡树枝叶间栖居着一双白鸽

没有人知道，这些时候
我心底里美善的谦敬低低沉吟
不由低下头，心中不朽的灵魂
有些迷醉，有些念想
有些神往……

迷迭香丛中微光轻吟低唱
群蝶嬉舞，哪知这儿曾
铁血加梦幻的暴风尖励呼啸
刮去一茬茬鲜嫩幼苗——许
成为一位眉宇深秀的教本先生
许会是一位安心种田的人
位一挑战现状的思想家
为一个奇想涌正眼泪的天才
或是弹拨吉他的激吟诗人

十几、二十，春华正枝
没有什么不可能的
一句谏言誓约头颅换取
战旗在火光之上飞扬
梦幻激情沸腾，星角昆虫

《叠翠》 1997 年

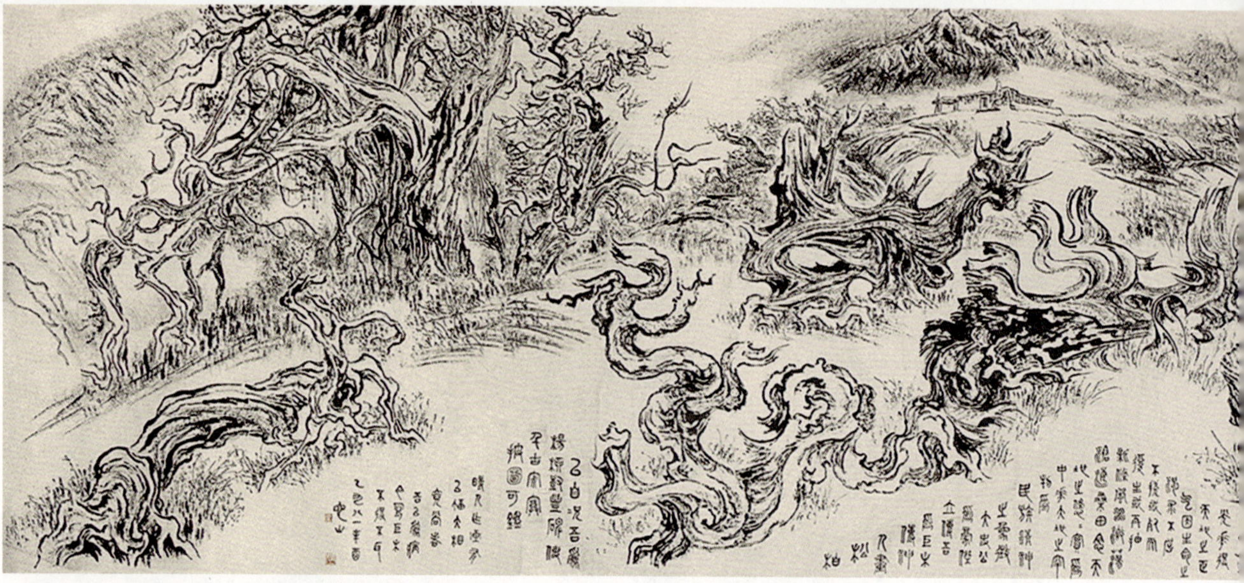

《巨木赞》

《拟黄宾虹山水》　2006 年

听

听！听！
蓝鸟儿在云中唱
自天涯太阳一跃，开始升腾跋涉
阳光缕缕透过橡树、白桦稠密枝叶
穿过湖蓝色薄雾
扇形张开铺满林间
烟雾渺茫恍若梦境
神怪妖魅随意出没
上帝之鸟，圣婴的精灵

还有什么能如你明媚、尊贵？
你那眼波盛满梦与爱的风霜
悠扬的中音温柔，醇厚
流转行进真挚、沉稳
舒缓流泻着
寓意我已身临神的圣殿
神意的光宁静如梦
我心愚钝，也为之沉醉
于天地万类不可思议
深怀敬畏，尤更忧戚
孤独的鸟儿，孤独的呼喊
意蕴悠远一如抒情诗
叠句的光泽感、仪式美
以其生命深情、美与爱的魅力
震荡在天空，在这宏伟的森林
唤醒万千生命，唤醒幽灵花、天堂花
纷纷睁开双眼，和小天使们玩耍游戏
一串串银色水晶花
直冲天庭

形态

思念长 人断肠
恍惚梦里不肯落地
下降，升起，反复地
等我去一同登高，青桐树下
期待银色火焰喷薄
胭脂花、剪秋萝已开满水岸
那儿宫殿崇丽巍峨，阔叶森林
自绘影像比本身更神秘更莫测
白云、月亮沉入水中宁定不动

墙面缀满秋叶，暮光又将它
染成古典色调，这让人有些那种
温雅的忧郁和感伤，窗外的
枫树叶簇深藏着一对白羽秀鸽
轮唱，重唱，那样柔曼，那样惆怅
站在窗前听银白杨、榉树絮语细声细气
听禽夜滴露；漫山树叶
仿佛通宵都在飘摇零落，大朵云滑过
蓝色月光里万物明灭闪烁

九十二

2019 年 2 月 19 日
己亥正月十五灯节

一

鸟儿优选栖息之所
天鹅、鹤、鹭结队飞临
贵族身份才被确认，这儿水草野花
山水黄土依循隽永情思生息
蓝色炊烟为屋顶、晴空平添渺茫之美
夜气清明，繁星为她披上一裘
银灰晚妆
月色里野鸢尾、矢车菊梦境缤纷
水中顺风起舞可是桎柳？

二

为山顶带上雾的花冠又是谁呢？
闪亮的夏日，天空飘着雨丝
钟声在大气中缭绕，时光慢板庄严
神意，内敛，冥想，静谧
自然之神的杰作，我成长的林苑失落
优雅贵气先就随天鹅离去
也没有人再见过闲雅孤傲踱步的鹤
并非嫌她遭逢祸殃困顿，是
厌弃她被堕落沉沦

三

这儿新的主人摒弃锈色、老、旧，慕仰时新
唯烤漆、镀金为上
与江湖术士、艳星、发福的兽角
眉来眼去，衣裙猝然放大落地

295

喜爱以开心的花朵点缀生活，满手时间
以社论、股市行情糟践清晨美好时辰
由一席盛筵赶往另一场灰草盛宴
无忧也无虑，拒绝困惑与质疑
刷新的数字令其着迷沉醉
崭新连体别墅咯噔一声矗起

四

那个午夜，谁往她脸庞黥面刺青？
樱园斧声丁丁彻夜未停，什么人冬夜里
把梅林花枝统统丢进污水？
千年古树龙钟老林连根拔除
受尽惊吓我的心，在阴鸷咆哮声下哆嗦
灵魂始终庄重，殊异，独处
我可怜的梦与怕铸就了一首序曲
透着生命的线索和信息，不可仿，也无法
相分共享；潜匿在我灵性的隐秘

五

我已不再漂泊于露水
天岸边缘一朵云艳红艳红
像一个玩笑，而我是一只梦幻彩蝶
奋力扑去一辆满载鲜花的车……
懵懂无邪已燃作灰烬
岁月交响曲也消失于莽原
依稀梦里世事无忧，生命、爱又何其快
转眼白头，天尽头一片云，淡紫色
梦？……哪儿见过？……

怀乡病

2019 年 12 月 13 日

花朝之晨樱树枝叶间重复着
一声接一声，无名鸟儿离别之音
飘零忧伤，渴求着什么
神的使者已然长眠，自由之魂
厄运岂能就范，漂泊流徙
面对现实现世，还在追问
万千奥义依旧难安；听！
秭归那不死之歌，凄恻啼归
在天空震慑狂吼，余音紧追缠绕
可谁还在流亡不归？听其言词铿锵

仍然为饱受折磨的现状独战
梦碎之人，莫把年华耗尽
生命密码已编织成斑斓悠长的日子
铭刻在心上，谱写在歌里；怀乡病患者
何须为局部哭，难道不是
人的一生都在催人泪下，吞声饮泣？
听那自由歌后百灵之春时隐时现
隔溪余韵悠扬飘忽
星星之火也在扩展光焰

落叶

朋友你看，这里山间已是落叶铺满
红、黄、褐，层次纷繁
如同画家的调色板斑斓沉着
风过处，发出窸窣的

洗浆过的衣衫干爽的声响
从高高的苦楝树上
鸟雀俯冲在落叶上蹦跳
啜饮叶片细碎的露珠

贴着土地的肌肤
落叶在湿润的泥土上睡眠
梦着春日和长夏的好时光
它可是梦见知了响亮高亢的鸣唱？

梦见白蔷薇和粉红的海棠花上
蜜蜂辛勤奔忙？或许它梦见
小黑马驹越过溪流
跑过了高山？

朋友，当我们在山林漫步
感受土地和落叶松软的厚垫
我们闻着枯叶、干草的香气
听着月亮银色的回声

听那自远方刮来扫过落叶的风
仿佛吹奏排箫牵动人的心灵
我们的足迹无声无息，——
留在铺满青苔的草地

火焰的赋格

2021 年 2 月

谁家拨弄七弦琴，这夤夜
酿出光阴味道
留下些模糊絮语
逐梦的脚步我也该停一停
这儿到处阴影幢幢，在阳世
一腔烈焰不顾一切燃着

把爱的钟声声声叠印在
山川大地，秋的蓝焰吟诵天意
只想随它去幻想，发呆，无欲，无求
思索香草，爱拂晓的光
爱撒满银色露珠的叶子
月光如水，我捧起一束雏菊，蓝紫

细听迷的命

满眼草花晃摇呼喊
波光水音送走年月碎屑
负伤的心性怎样疗救
"你我穿越千年心意相通"
吞咽着泪我，"别哭，你哪知道

爱，微醉微醺，仿佛梦在河谷
紫花苜蓿丛中；爱，大颗眼泪
涌上来，两朵缀露的花魂
爱，郁郁沉沉，古木色调沉香味
你以为心是专为拥吻抱爱？"

被话语坠入窨井，跌跌撞撞
张起我凄美的羽翼，蹚回破碎漩涡
盛享心中凄凉，沉潜孤独忆往
以大寂寞孤自叩响原乡
前世的心声恍惚轻荡

深渊的孤独

2021 年 2 月

心窗上光芒穿插往复
两汪静水流深，谁能解读？
那些直击人心的价值思索呢？
推搡、冲撞回声惊醒夜梦
深陷谜样命运感无光无声
心室、太空为此被闭锁
总将爱与美的光霭花气推荡

总为风雪行者递上一盅热汤
隐怀了世上悉数苦难、伤害
以宗教情怀提炼自己痛苦的纯美
风神、才情殊异依旧，几人读懂？
独自舔舐伤口，与自身内在撕裂
生命根性、夜空马蹄声、家园倒影
恰是我们幻梦念想的古远钟声？

丁香冷山紫，映满了灵魂的雄蕊
光影的戒子四下里漾开
织一袭骑马来的春光
整个大地全通向彼此
你举高梦领飞去了，你占卜灵魂墨色……

没有说完，宝贝山山，你的好梦
日子也迳自后退不着痕迹
我有些深深淡淡的失落
我不想这成为忆旧
唉，净落下思念了

如果我是你，如果你是我
我们是否曾站在
信风中
喂养沉默无花的果实

配得上不说的

奉神之命由群的牵绊出走我
穿越了诡异欲念
乘暴风蹈险浪与成队异鸟儿
高高低低　低低高高
飞过大洋去
也没见旧时篱槛 也不是我的彼岸

幻灭却庄静，感伤还明锐
薰衣草尖儿银紫心绪
走到星辰草开花的大河弯
停步最是当紧，远处钟声传送
漫天张起了春光帐幔
水上飘来荷灯闪闪，一片梦幻
小心幽细，若有神明灵异

灰娃忆张仃

片段一

先生习惯早睡早起，并且说自己本是乡下人，日出而作，日落而息。自从居住在西山这里，清晨先生依旧叫上我一起散步，从山上走到山下湖边，再登山回来。后来我的家务事越发繁忙了，先生只好独自去散步，总是衔着烟斗，戴着黑色贝雷帽，握着手杖。

片段二

叶辞树，雁声远。我到山坡、小院儿捡拾新鲜落叶，摆在先生书案，一片片相互辉映，又彼此协调。先生泛着笑意看着，他听见了维瓦尔第。他不让我收走，枯干了，无可奈何。

片段三

待到月挽星回，我们站在门口、窗前，望着漫天雪花飞舞，纷纷扬扬，又悄然落地。我们看着，静悄悄。等到回过神儿来，先生说："自然这样美，这样奇妙，你说说是谁让它这个样子，而不是别个样子，你看这雪花，图案、构图多种多样，还这样细腻精微，真不可思议，又是谁让它这样的呢？你知道吗？那落叶的色彩、形态也是那样丰富繁华，可是那叶的零落是命运，还是意愿？灿烂而去，又是为什么呢？灰娃，你能回答吗？是谁让它这样美，这样离去，又是到哪儿去了呢？灰娃，这迷思你能回答吗？"我笑而不语，心想，如此深奥、古老，与天地岁月同久远，这个大神秘，渺小，愚钝的我岂能知晓。我只能深深地低下头来。

片段四

先生说话很少，他只是看着和听着，长时间地看远近湖水、山光林影、雨丝飘洒、雪花飞舞，也看云卷云舒、日头西坠、月落月升；他听见燕子、布谷鸣叫着在雨帘往复穿梭，更听见露水滴落、草丛私语的微吟幽韵……他虽不说什么，我知道他听并看见了整个世纪一幕幕狂涛巨浪，也听和看见了青烟细雨，小巷人影……

片段五

　　早餐后，先生照旧立即进工作室。家人同样各就各位，不用说什么话，只听见纸张翻动的沙沙响，一天的生活开始了。直到听到催促吃午饭，先生才放下笔，走向餐桌。饭后稍稍休息，又马上开始接续上午的工作。晚餐也须是催促，先生才停下来走出工作室。

片段六

　　晚饭后，才是先生真正放松的时候。客厅有印尼艺术家赠送他的大藤椅，几件铸铁作品。这时先生坐到他的大藤椅上，喷着烟雾，孙女关关从欧洲给先生买来的烟丝，香气在客厅弥散，幽雅、温暖。一天中只在此刻，先生享受着他的闲暇。

片段七

　　在当作休息的时间里，先生会看一小会儿新闻，或是抗战题材的电视剧。看到日本军人掉进中国民众设的陷阱，先生开心地拍手大笑，白发蓬松飘飘，顽皮儿童似的。

片段八

　　先生听力在减退，孙女喃喃为他买来蝈蝈，装在草筐里，挂在先生的大藤椅旁，时不时地鸣叫，清脆响亮，一声声倒也将人引到乡野去了，先生听着开心。

片段九

　　先生时或流露幽默，趣味十足。例如：我每天收拾整理他十平米画室，然后再不进去。先生作画、工作，习惯独自，视听清净。酷暑炎夏工作时，他只穿一件背心、及膝短裤。一次，工作了一段时间之后，开门走出来，一面往外走着，低头念念有词："浑厚华滋、浑厚华滋……"说着，忽地抬头，挥起拳头，大声道："我给它犯浑！"这突如其来的一幕，让我笑得弯腰直不起来。

片段十

先生走起路来一向昂头挺胸，直视前方，室内室外同样。这已致他几次骨折。我时常提醒，始终无效，习惯成自然。每天在家工作，他比上班还忙，精神高度集中。我理解，艺术创作与思考，不仅是先生生命的要素，还是他乐生的要素。先生先天素质，任何力量也改变不了。依他趣言，便是："积习难改"。灵性被艺术掌控，自然乐在其中，沉醉其中。一旦被唤休息，他走出工作室，总是心情饱满、舒畅，走起来很是轻松，习惯性地昂起头。我一提醒他，见他立即弯腰，头朝前，膀颈勾着前伸，仿照孙悟空的样子，手指并拢，两只手心相向，两臂相对交替动作；弯膝半蹲，极慢地向前走去。立见一名孙悟空活灵活现。我能忍住不笑吗？

片段十一

凌晨漱洗完毕，先生自较远处昂起头问我："今天的短髭俏皮吧？""没看出来呀。""再仔细瞧瞧。"我笑答："哦，对了，今天仔细修了，两端微微向上弯起，平时只简单一个横着的一字！""对了！对了！今天我稍稍修了一下。效果不同了嘛！"说罢，好心情，立即开始一天的工作，先生说是晨课。

图书在版编目（CIP）数据

张仃灰娃诗画集/张仃，灰娃著．—上海：上海书店
出版社，2021.6

ISBN 978-7-5458-2033-1

I. ①张… II. ①张… ②灰… III. ①诗集—中国—当代
②中国画—作品集—中国—现代 IV. ① I227 ② J222.7

中国版本图书馆 CIP 数据核字（2021）第 072216 号

责任编辑　章玲云
特邀编辑　汪家明　彭亚星　冷冰川
封面设计　晴　佳

张仃灰娃诗画集

张仃　灰娃　著

出　　版　上海书店出版社
　　　　　（200001　上海福建中路 193 号）
发　　行　上海人民出版社发行中心
印　　刷　上海雅昌艺术印刷有限公司
开　　本　787mm×1092mm　16 开
印　　张　19.75
版　　次　2021 年 6 月第 1 版
印　　次　2021 年 6 月第 1 次印刷
书　　号　ISBN 978-7-5458-2033-1/J.491
定　　价　298.00 元